恋の在り処

Managi Kamie
神江真凪

CHARADE BUNKO

Illustration

みずかねりょう

CONTENTS

恋の在り処

山の中にある小さな村は、町より少し春が遅い。

五月も終わりに近づき、空は淡く青く、切れ切れの雲がまばらに散らばる。乾いた空気は柔らかな日差しと混じり合い、心地《ここち》いい。木々は濃い緑を茂らせ、道端には名も知らない小さな花がちらほら咲いていた。

だけど今は、それをゆっくり観察している余裕はない。

なぜなら、坂上譲《さかがみゆずる》は今、自転車のペダルを必死に漕《こ》いで、ゆるく長い坂道を上っている真っ最中だからだ。

風を切ってなびく黒髪は、男にしては少し長めだ。別に伸ばそうというのではなく単なる不精のせいで、普段は前髪も目を半ば以上隠しているのだが、自転車に乗っていてはそうもいかない。白い肌は紅潮して、汗ばんでいた。

坂道の頂点を一心に見つめる黒目がちな瞳《ひとみ》、小さいが形の整った鼻、ほんの少し口角が下がっている薄い唇。パーツごとに見れば悪くないものなのに、全体的な印象はどこかやぼったく、地味な印象を人に与える。

緩やかな長い上り坂は、次の電信柱で下りに切り替わる。もうすぐだと内心で自分を励ましつつ、ひたすら前を見ていた。

道が下りに差しかかる。ペダルを漕ぐ足の力を緩めると、徐々に自転車のスピードが加速した。頬《ほお》に、髪に、風を感じる。汗ばんだ体を、風が抜けていくのが気持ちいい。

歩道も車道も一緒くたになった道は、車がようやく擦れ違えるぐらいの道幅で、行き交う人も車の姿もほとんどない。あと一回、坂道を上れば、ようやく目的地であるずいがんさまに辿《たど》り着く。

ずいがんさまというのは翠岩《ずいがん》神社のことで、小さな寂れた神社の呼び名だ。地域の人は皆、ずいがんさまと呼んでいる。漢字の読みからすれば、正しくは「すいがん」神社と呼ぶべきだろう。もともとはその呼び名だったのかもしれないが、言葉の座りが悪いのか単になまっただけなのか、今では「ずいがん」と呼ぶほうが正式名称になっている。

その歴史は、約二百年ほど前、一人のお坊さんがその地を訪れたことから始まった。

江戸時代、水不足に悩む村人のためになんとかいう偉いお坊様が三日三晩祈禱《きとう》した結果、岩と岩の割れ目から水が湧《わ》き出てきた。あたりに生い茂る木々の葉の緑を反射してか、その水の色は透き通った緑に染まって見えたという。お坊様はここに祠《ほこら》を建てるよう村人に促し、名を翠岩神社と定めた。人々を救うため岩を割り湧き出た尊い水、水《すい》と翠《すい》を重ね合わせためでたい名だと、村人は大層喜んだ。それからは田畑が潤い、水不足に悩まされることもなくなった。めでたしめでたし。

……という、どこまで本当かはわからないが、そんな民話のような成り立ちでできた神社らしい。

上下水道が完備された今の時代、ずいがんさまのありがたみはかなり薄れているが、昔と変わらず水は湧き続けている。

名水だの天然水だのの名所では、水を汲《く》みに列を成している場所もあるようだが、小さな村の小さな神社だなんて世間にはほとんど知られていなくて、利用者といえば、村の中でも飲み水はずいがんさまでなければという家ぐらいのものだ。かくいう譲の家もそのうちの一軒で、週に一度、自転車の前カゴと後ろの荷台に段ボール箱を紐《ひも》でくくりつけ、二リットルサイズのペットボトルを積んで、水汲みに通っていた。

ずいがんさまは村の外れにあって、譲の家から車でなら十分足らずの距離を三十分かけて自転車を漕いでいく。

風の強い日は、最悪だ。真っすぐの一本道を進んでいるわけではないのだから、ここでは追い風、あそこでは向かい風と場所によって風向きは変わる。見渡す周囲にあるのは畑と田んぼばかりで、風を遮るものがない分、もろに影響を受けることになる。向かい風の中ペダルを漕ぐこともできなくなって、結局自転車を押しながら歩いたことは何度もあった。

そんな大変な思いをしてまでなぜ自転車を使っているのか。免許ならある。車も一台、走行距離十万キロを超えてはいるが十分走行可能な軽自動車を持っている。じゃあなぜ自転車かというと、答えは簡単だ。車ではそこまで行けないから。ずいがんさまへ続く最後の道は、車が入れないような道幅なのだ。

——下りが終わってしばらくすると、最後の曲がり角が見えてくる。その手前に、グレーの車が一台止まっていた。山菜採りだろうか。今の時期には時折見かける。目当てはぜんまい、わらびあたりだろう。一瞥《いちべつ》してすぐ視線を戻し角を曲がると、途端に道幅が細くなった。進んでいくごとに空気はひんやりとしたものに変わっていき、最後の上り坂にさしかかる。この坂が、一番きつい。車一台分もない道幅、ところどころ陥没したコンクリートは手作業で敷き詰められたようにいびつなものだ。車などない時代に作られた道は、拡張されることもなく、ただ獣道にさせないための作業だけを施されてそこにある。道幅が狭い分、木々は圧迫するように上空を覆い、その隙間《すきま》から光が差し込む。葉擦れの音がやけに大きく響き、風が通り抜ける道筋を知らせる。

明るい日差しの中にいればあまり考えないが、鳥が鳴き、うっそうと茂る緑に囲まれれば、今自分は森の中にいるのだと嫌でも自覚させられた。自然は巨大で、厳しく、美しい。神域というものがどういうものなのかを言葉にすることは難しい。心細く、恐ろしい。厳粛で、静謐《せいひつ》な場所。何度来ても、同じように感じるのが不思議だった。

最後の坂を上った行き止まりに立つ赤い鳥居が見えてくる。

鳥居の脇《わき》には、神社の成り立ちを記した看板が立っているのだが、古いものだからか雨にさらされているせいか、字は掠《かす》れてあまり読めない。

看板の前で自転車を止める。後ろの荷台に積んだペットボトルの入った段ボール箱を下ろし脇に抱え、前のカゴに入った一回り小さい段ボール箱を手に持ちながら、鳥居をくぐった。石段を下りれば、祠があるのだが…。

途中で、足が止まる。人がいた。見知らぬ男だった。…誰《だれ》だろう。

薄手の黒いコートに、黒地のジーンズ、すらりと伸びた足と引き締まった体はバランスがいい。ここからは横顔しか見えないが、すっと通った鼻筋と鋭角的な顎《あご》のラインは美しくすら見えた。どこか都会的なセンスを漂わせる雰囲気は、この寂れた場所には異質なもので、譲も含めたこのあたりの住民が持ち合わせる類《たぐい》のものではなかった。

これといった特産品もなければ、観光客を呼び込める建築物もない。四季折々に移り変わる山の景色は目に鮮やかなものだけれど、山の中にこぢんまりと存在する過疎の村なんて日本中どこにでもあるものだ。一応小さな旅館は一軒あるのだが、客のほとんどが温泉に入りにくるだけの地元民で占められている。そんな閉鎖的な環境の中、知らない人間を見かけること自体、珍しいことだった。それも、こんなところで。

男は、祠の前で手を合わせていた。鳴らす大きな鈴もないが、祠の前には賽銭《さいせん》箱が置かれている。水汲み以外でここを訪れる人はほとんどいない。ご利益など何もなさそうな気はするが、男は目を閉じ真剣な面持ちでかなり長いこと拝んでいた。

しんと張り詰めた空気の中、水が流れる音が聞こえる。真上を見上げれば、美しい青空が広がっていた。頬を過ぎる冷たい風が、さらに温度を下げていく。木々の隙間から差し込む光が、日向《ひなた》を暖める。男はちょうど、その光の中に立っていた。

その姿を見ていたら、なんでか鼓動が速まった。山に分け入るときの緊張感とは違う。目が離れない。見つめていたい。綺麗《きれい》だ、とふと思った。

そのとき、突然バサバサと鳥が飛び立つ音がした。空気が震え、静寂が破られる。驚いて思わず小さな声を上げてしまった。

「…ぅわっ」

顔を上げた男が、こちらを見る。驚いたような顔をしている。

視線が合うと、男との距離が案外近いことに今さら気づいた。

互いに硬直したまま、見つめ合う。たぶん時間にすればほんの数秒のことだったろうけれど、とんでもなく長く感じた。気まずさが込み上げる。身の置き所がなくて、思わず小さく会釈した。

男ははっと気を取り直したのか、それに応えるように、薄く笑みを返してきた。

ほっとする。――が、またすぐ沈黙が戻ってくる。男とは初対面で話すことなど何もないのだから、当たり前だ。けれどだからといって、この空気が軽くなるわけじゃない。

水汲み場は、祠のすぐ横にある。要するに、男のすぐ隣だ。…行きにくい。だけど、このまま回れ右をして帰ってしまえば、坂道を必死で漕いできた甲斐《かい》がないし、大体それはあま

りに露骨で、見ず知らずの男相手とはいえ失礼すぎる。

ええいもう気にしすぎだ、と思い切って足を一歩踏み出すのと同時に、男が声をかけてきた。

「水汲みですか？」

低い声は威嚇するようなものではなく、心地いい響きを帯びている。男は笑みを浮かべて譲を見つめた。

「…っ」

驚きすぎて、声が出ない。我ながら小心者だ。体ごとびくつかせて、声もなく頷《うなず》いた。

「地元の人？」

もう一度、頷く。

「手伝っていいかな」

何を言われたのかもわからずまた頷いてから、男の言葉の内容に気がついた。

手伝う。何を。…これか？ 両脇に抱えたペットボトルに視線を落とす。

たかが十本程度に水を汲むぐらいなら、五分もかからず終わる。手伝うほどのものじゃないと言いたかったけれど、男はこちらに歩いてきて、段ボール箱に手を伸ばしてくる。

正面から見た男の顔は、横顔に負けず劣らず整っていた。といっても女性的というのではない。どこから見ても男なのだが、落ち着いた雰囲気の大人という感じがする。すっと後ろに流した髪、切れ長の瞳と薄い唇は知的で冷たい印象を持たせるものなのに、浮かべる笑顔は柔らかなものだった。

男の自然な動作は、断るほうがおかしいような気分にさせる。手に持ったダンボールを、すんなり男の手に預けてしまった。

ダンボールを受け取ると、男は背を返して水汲み場へ歩いていく。

譲は後に続きながら、祠の前で足を止めた。ポケットから十円玉を取り出す。賽銭箱に投げ入れて、手を合わせた。胸の内で（水をもらいます）と声をかけるのは、幼い頃からの習い性だ。

よし汲むか。視線を水汲み場へやると、男がこちらを見ていた。不思議そうな表情を浮かべていた。

「いつもそうしてるの？」

なんのことを言われているのかわからなくて、譲は思わず首をかしげる。

譲の戸惑いに気づいたのか、男は言葉を重ねる。

「水汲みにきてるんだよね？　お賽銭、いつも入れてるの？　誰も見てないのに」

やっぱりあまり意味がわからない。いつもしていることだし、お賽銭といっても、たかが十円だ。自慢できる額でもないと思うのだが。

視線を合わせたまま、男は譲の答えを待っている。沈黙が落ちるとなんとなく追い詰められるような気分になって、どう説明したものかよくわからなくなる。なぜ賽銭箱に金を入れるのか。そんなこと言われても。

「…もらいものだから」

間をおいてから、ようやく小さく呟《つぶや》く。

「もらいもの？」

「神様から水をもらうんだから、ちゃんと礼はしろってじい…祖父が言うので」

見ず知らずの人の前で「じいちゃん」呼ばわりは、さすがにみっともない。言いながら、そういえばそうだったと思い出す。

幼い頃は祖父とここに来ていた。水を汲む前に祖父から手渡された十円玉を賽銭箱に入れるのは幼い譲にとって楽しみの一つで、その後は祖父と並んで手を合わせる。たぶん譲が幼稚園ぐらいの頃だったと思う、なんでいつもお金を入れるの？　と質問した譲に、祖父は黙って持ってったら泥棒だ、と答えた。神様の水をもらう…いや、分けてもらうだったか。神様の水を分けてもらうんだからちゃんと賽銭入れて、水ください って言わねばなんねーよ、と。そのあと、十円でいいの？　とまた問う譲に、額はどうでもいいんだ、金を入れればちゃりんと鳴るべ？　したら神様はそれに呼ばれて誰が来たかわかるんだ。ああ今日は譲と譲のじじいが来てるな、まーた水汲みにきたか、んだば持ってけって言ってる。祖父の言葉に、自分たち以外誰の姿も見えないのに、誰かに見られているような気分になって、怖くなった。

神様、ゆずが来てるの、知ってるの？　怒られない？　と泣きそうになりながら祖父にしがみついた。祖父は大笑いしながら譲を抱き上げ、ゆずは怖がりだな、悪いことしねえば神様は怒らない。今はなんぼおっきくなったんだべってゆずの頭ば撫《な》でてるさ、と言われ、また怖くなってもっと強く祖父の首にしがみついた。

——懐かしい。一瞬でよみがえる思い出に、ほんの少し、胸が痛んだ。意味を考えることもなく身についていた習慣に、誰かの言葉がある。忘れてしまっていることなんてたくさんあるのだと、不意に記憶が呼び起こされるごと、思い知らされる。

譲のそんな感傷など、当然男は気づきもしない。譲の言葉を受け入れるように何度か頷いた。

「お礼か。そういう考え方、したことなかったな。神社で手を合わせるときなんて、大体叶《かな》えてほしい願い事のことばかり考えてたよ」

優しい喋《しゃべ》り方をする人だと思った。短い会話ではわからなかったが、柔らかな口調はこのあたりの言葉とイントネーションが違っていた。端正な顔立ちにその口調はよく似合っていて、自分がとんでもなく田舎《いなか》者に思えてくる。…いや実際、田舎者なのだが、目の前に突きつけられているような気がして、恥ずかしくさえ思えた。

「拝むのは、何かしてほしいときじゃなく、誓いを立てるときだって」

羞恥《しゅうち》を振り払おうとしたのか、感心したように告げる男の様子につられたのか、巡った記憶に背中を押されたのか、そうしようとしてたわけでもないのに、口が勝手に開いて喋り出す。

「神様に一人一人の願いをいちいち叶えてる暇なんてない、叶えたい願いがあるならその願いが叶うように頑張るんだってことを誓うために神様に拝むもんだって、じいちゃんが言ってました」

早口で告げた後、一気に鼓動が速まった。…なんでこんなことを言ってしまったんだろう。おまけにじいちゃんって…。言おうともしていなかった言葉が、自覚する間もなくこぼれてしまったことに呆然《ぼうぜん》とする。別に嘘《うそ》をついているわけじゃない。本当に祖父はそう言ってた。いつだったか、家族揃《そろ》っての初詣で、何をお願いしたの？と問う母にそう返していて、確かにそうだなと思ったので、譲も次の年から願い事をするのをやめたのだが、別にそんなことは男に関係ないことなのに、何を偉そうに言ってるんだろう。

内心慌てふためいていたけれど、男は譲の言葉に真顔になった。強い視線が、射抜くように譲を見据える。

真剣に見つめられれば、ますます追い詰められた気分になった。男の目が、ちょっと怖い。どうしていいかわからなくなる。

「…頑張ることを誓うため」

口の中で小さく呟くのが微《かす》かに聞こえる。

いやだからそんな、感心するような言葉でもない。むしろ、忘れてほしい。だけどもう何かを喋る気力もないし、喋りたくもない。俯《うつむ》くことしかできなかった。と同時に、腕に抱えていたダンボールを地面に落としてしまう。慌てて拾おうとしたが、男の行動のほうが素早かった。男はダンボールを拾い上げる。

「すいませ…」

受け取ろうと腕を伸ばしたのだが、男は気づかないふりで笑みを浮かべた。

「水、汲もうか」

明るい声で告げると、男はさっさと水汲み場へ移動してしまった。

手のひらの汗を、腿《もも》のあたりで拭《ぬぐ》った。譲も男の後に続く。

緩やかなコの字を描いた背の低い石垣の上に、木板で小さく囲った家がある。その下の部分から、配水管を通って水は流れていた。水は岩を割って湧き出ているらしいが、今は木板に隠れて、岩そのものの姿は見えない。

水は下の用水路を通り、溜《た》め池へ続いている。水道の蛇口ではないので、この水は二十四時間止まることなく流れているのだが、見るたびにいつも、もったいないと思う。汲まれる水なんて、ほんの一部だ。

排水溝を挟んで、しゃがんだ体勢で男と向かい合う。ペットボトルの蓋《ふた》を外し、軽くゆすぐと、男も譲の真似《まね》をした。水を汲むのは男に任せた。やりたそうだったのだ。譲は満タンになったペットボトルの蓋を閉め、持ってきたタオルで濡《ぬ》れた周りを拭《ふ》く。

「おお、本物の天然水」

…そりゃそうだ。だけど男は嬉《うれ》しそうに笑っている。その笑顔が案外幼く見えた。譲より年下にはやっぱり見えないが。

ペットボトルの水なんて、すぐ溜まる。あっというまに汲み終わると、男は物足りなさそうな表情を浮かべながら、下に溜まった水に手を浸した。両手で水をすくい、ごくごく飲む。

「…うまい。喉《のど》を通る感じが普通の水と全然違うよ」

驚いたように目を見開き、男はこちらに笑顔を向ける。

「こんなにうまい水、飲んだことない」

嬉しそうに告げる男に、思わず笑みを返してしまう。

ちょっと…いや、だいぶ嬉しい。そうだろう、と内心誇らしく思った。水道水とは全然違うんだ、と。

水の味なんてどこも一緒だろうと言う人は、このあたりの住民でも珍しくない。そう思う人が多いからこそ、ずいがんさまはどんどん寂れていっているのだから。それに、冬場はここまでの道は雪に埋もれてしまい水を汲みにくることはできないので、その間は水道水を飲まざるを得なかった。別にまずくはないし、絶対にずいがんさまの水でなければいけないわけでもない。

だけど、水道水とは絶対違う。男も言っていたが、喉を通る感触が違う。水道水の場合、喉を通るとき少し尖《とが》りを感じるが、ここの水は滑らかにすとんと落ちるのだ。

互いに顔を見合わせ笑うと、なんだか距離が縮んだような気がした。

「毎日汲みにきてるの？」

「毎日はさすがに…週に一回ぐらいです」

「遠いの？」

「三十分ぐらいです、自転車で」

「…自転車？　え、けっこうきつい坂だったよ？　そこ。歩くだけでもきつかった」

男は鳥居のほうを指差す。

男は驚いているようだったけれど、こっちのほうが驚いた。

「え、歩いてきたんですか？」

「途中から。曲がり角の手前までは車で来たんだけど」

もしかして、あの車か。最後の角の手前で見かけた車を思い出す。

「グレーのですか？　あの、下に止まってた…」

「そう。あの道幅じゃ、さすがに車じゃ無理だ」

あの車はこの人のだったのか。山菜採りの車だとばかり思っていた。

「東京《とうきょう》から旅行にきたんだけど…」

「え、何しに」

思わず男の言葉を遮ってしまう。あ、と思ったが、譲の言葉を聞いて吹き出した男に、ほっとする。

「こっちの人はみんなそう言うね。泊まってる旅館の人にも言われたよ。こんなところに何しにきたんだって」

「だってこのへん、見るようなもの、何もないから」

旅館の人は正しい。譲は真顔で返した。

譲の返しに、男はまた笑う。何がそんなにおかしいのかと思うが、楽しそうだからまあいいか。

男は周囲を見回しながら、さらに笑みを深める。

「いいところだと思うよ？　景色が綺麗で空気もおいしい」

空気に味はないと思う。内心で呟いたが思いは表情に出ていたらしい。

「本当だって。東京では歩いてるだけで顔が黒くなるんだよ。――ああ、もちろん見てわかるほどじゃないけど、タオルで顔を拭けばすす汚れみたいに黒くなるんだ」

男は訝《いぶか》しげな顔をする自分を納得させようと言葉を重ねる。

…タオルで拭くと、黒くなる。本当だろうか。東京へは一度も行ったことがないから、いまいちよくわからない。

「こういうところに来ると、気分が落ち着いていいよ」

男は周囲の景色を見回して、譲に笑顔を向けた。

柔らかな笑顔を向けられて、なんでかドキッとしてしまう。

「実はつい最近、離婚したんだ。引っ越しして転職もして、心機一転頑張ろうと思ったんだけど、やっぱり少し疲れてたから。のんびりしたくて、いろいろな場所を見て回ってるんだけど…来てよかったよ。こういう場所はなんだかほっとするね」

なんでもないことのように言いながら、視線をそらした男の横顔が、ふと表情をなくす。心がどこかに飛んでしまっているようにも、疲れきっているようにも見えて、胸が痛んだ。どうにかしたいと思わせた。

——男との間の空気は、いつしか気安いものになっていた。緊張感が緩んで、会話がはずんで、警戒心がなくなっていたせいかもしれない。

「…こういう景色でいいなら、いくらでもあります。もしよかったら、案内しましょうか?」

初対面の人間にこんな申し出をするなんて、と、男に告げながら自分の言動に内心驚く。けれど、突然込み上げた衝動は、譲自身、どうにも説明できないものだった。

水汲みを終え家の前に到着したとき、いつもより疲れが濃いように感じたのは気のせいじゃないと思う。

木造二階建ての家は、築四十年を過ぎて、あちこちの傷みが激しい。赤いトタン屋根と白い壁はどちらも色褪《いろあ》せ、引き戸の玄関は歪《ゆが》んで、コツを摑《つか》まなければうまく開けられない。無駄に広い三和土《たたき》は昔の家の仕様らしい。物置代わりにもできて便利ではあるが、雑然としている。

車庫に自転車を止め、ペットボトルの入ったダンボール箱を玄関まで運ぶ。引き戸を軽く持ち上げてから水平に動かすと、すっと開いた。

この家に住むようになってから丸三年以上が過ぎて、今ではすっかりこの引き戸を開けるのにも慣れたし、三和土のどこに何があるかもすべて把握している。

靴箱の向かいに置いた棚は、近所の木材所からもらったあまり木で祖父が作ったものだ。その棚の一番下に、水置き場がある。しゃがみこんでペットボトルを移しながら、知らず溜め息がこぼれた。

…仕方ない。自分で言い出したことなんだから、仕方のないことなんだ。道中、胸の内で何度も繰り返した言葉を、飽きもせずまた自分に言い聞かせる。

よし、と気持ちを切り替え、もう考えないようにする。靴を脱ぎ、居間へ続くガラスの引き戸を開ける。

「ただいま」

「おう、随分遅かったな。なんかあったか？」

テレビから視線を移した祖父が、威勢のいい口調で問う。

唇を横にぐいっと開いて笑う顔には、しわが深く刻み込まれていた。小柄だけれどがっしりとした体型は、長年の畑作業の賜物《たまもの》だ。譲の母方の祖父、墨田正造《すみたしようぞう》は、今年六十六歳。ふさふさとした真っ白な髪は、「うちの家系にハゲはいねえ」とのことで、自慢の種になっている。

祖父はテレビの正面、窓際におかれた、籐《とう》で編まれた南国風のチェアーに座っていた。そこは祖父の定位置で、テレビの画面には、譲が生まれるはるか昔に作られた仁侠映画が映っている。祖父はこの手の映画が大好きだ。

譲は祖父の斜め前、引き戸に背中を向けた位置で、テーブルの前に腰を下ろした。

「あー…ずいがんさまに人がいた」

「脇田《わきた》んとこか？　佐藤《さとう》のばばか？」

祖父は、ずいがんさまで水汲みをしているご近所の名を上げる。

「よその人。東京から来たって」

「おお？　珍しいな。どこで聞いたんだか。水汲みにきてたのか？　男か？　女か？」

よっぽど驚いたのか、祖父は目を見開いて譲を見返す。

「男。地図で見つけたって言ってた。水のことは知らなかったみたいだよ」

「水以外、なんの用があんだべな、あんな山奥。看板もなんもねえのになぁ」

「最後の曲がり角が見つけられなくて、大変だったって言ってた。ようやく見つけたはいいけど、あそこの道、車なんて入れないだろ？　結局歩いてずいがんさままで来たんだけど、途中でこのまま遭難するんじゃないかって思って怖かったたって」

「歩いてかぁ？　けっこうな距離だろうが。暇人だの」

「旅行で来てるんだって」

「こんな田舎に何しにきたんだ？」

祖父の呆《あき》れたような口調に、思わず吹き出してしまう。やっぱりみんな、そう言うんだ。

「いろんなところ回ってるって言ってた。ここ、いいところだってさ」

「そりゃそうだ。けど見るもんなんてなんもねぇ」

「まあ、そうだよね」

祖父の言葉に、異論はない。

譲たちにとってここは他《ほか》のどんな場所より居心地はいいが、他人にとって魅力に満ちている場所とは思わない。

といっても、譲自身、ここで生まれ育ったわけではなかった。三年前、高校に進学すると同時に、この家に一人で住む祖父と暮らすようになったのだが、今では実家よりこちらのほうに愛着があった。空気が合っていたのだろう。

祖母は譲が幼いときに亡くなっている。仏壇に写真を飾るのは辛気臭いと祖父が言うので、まだ首の座らない赤ん坊の譲を抱いた数枚の写真の他、祖母の姿を見ることはなかった。写真で見る限り、昔の人にしてはすらりと背が高い優しそうな人だ。いかにも田舎のオヤジといった祖父とは見た目も雰囲気も正反対の人なのだが、祖父が言うには「外面はいいけど口うるさいばばあ」だったらしい。

他の家族――両親と年子の弟――は、祖父の家から車で一時間ほどの町に住んでいる。ここよりよっぽど人が多く交通の便もよく買い物にも不自由しない、だけど都会の人から見れば田舎とひとくくりにされてしまうような町だ。そこで譲も中学卒業までを過ごした。

「おかしな奴だなぁ。大丈夫か？　そいつ」

「大丈夫って何が。いい人だったよ。優しくて、話してても変なところなんてなかったし」

「……なんだゆず、随分仲良くなったんだな。そいつのこと、気に入ったのか？」

咄嗟《とっさ》に男をかばうようなことを言ってしまった譲の顔を祖父はまじまじと眺めながら、途中で顔をにやつかせる。

「気に入ったってなんだよ。別に普通に話したって言ってるだけだろ。僕、上行くから、映画の続き見てれば？」

珍しく反抗的な孫の態度に、祖父は驚いたような顔をして見返してくる。けれど、それを取り繕う気分にはなれなかった。譲はぷいっと立ち上がり、居間を出ていく。

真っすぐで急な階段を上がるとすぐ右手に、柱を挟んで襖《ふすま》が二つある。奥の襖を開ければ譲の部屋なのだが、隣の部屋とは襖で仕切られているだけだ。祖父は仏間で寝起きをしているので、手前は空き部屋というか物置代わりになっている。

実家から持ってきたベッドと机、本棚は小学校の入学時に買い揃えたもので、十九の今となっては似つかわしいものではないのだけれど、買い換える金はないしインテリアに特別な思い入れもないので、そのまま使っている。簞笥《たんす》は元からここにあったのを使っているのだが、畳の部屋にはちぐはぐな取り合わせに統一感などまったくない。それでも三年以上住んでいればさすがに馴染《なじ》んで見えるようになる。

ベッドに腰を下ろす。窓の外に目をやれば、田園風景の向こうにこのあたりで一番大きな山が見えた。晴れていれば山裾《やますそ》まで綺麗に見えて、とても気に入っている眺めなのだが、今日はそれを気にする余裕はなかった。譲はベッドに寝転がったあと、大きく息をついて目を閉じる。

あんなに怒るようなことでもなかった。偶然会って話が弾んで、実は明日も会うことになったんだ、と素直に言えばよかった。祖父はここで生まれ育っているのだから、譲よりよっぽどこのあたりのことに詳しい。祖父からも情報を仕入れればよかったんだ。

今さら思いついても、もう遅い。そんな余裕はなかったと、もう一度ため息をついた。後悔が、墨のように黒く胸の内に広がる。

ゆっくりと目を開けて、天井の木目を見るともなしに見つめた。考えないようにしようとすればするほど、ふと気を抜けば、記憶は容易《たやす》く蘇る。

——三条《さんじょう》博幸《ひろゆき》。

それが、あの男の名前だ。

十九歳になったばかりの譲より一回り以上年上の三十三歳。今月の頭から丸一カ月とった休暇で、いろいろな場所を見て回っているとのことだった。たぶんここが最後になるだろうと笑顔で告げた。宿泊場所はその日その日で決めていて、どこのホテルも取れなかったら車中泊をしているのだけれど、今日は村の旅館に泊まるらしい。

三条が言う旅館は、たぶん村にたった一軒ある宿泊施設のことだろう。部屋が空いていてよかったと言っていたけれど、あの旅館が満室になったことなんてあるのだろうか。

高校の修学旅行以降、地元を離れたことがない譲にとって、三条がどんな旅をしてきたのかは想像もできない。一人旅で、しかもそんな旅行の仕方をするだなんて、優雅というか物好きというか。だけどそんなことをしたくなるぐらい、離婚というのは疲れるものなのだろう。譲にはもちろん離婚経験などないから想像するしかできないが、その話をしたときの疲れたような横顔はなんだか痛ましいもので、だから思わず案内の申し出なんてしてしまったのだけれど…。

男との間の空気は、初めの頃に比べたらリラックスしたものになっていて、水を汲み終えたのだから後は帰るだけなのに、その場を立ち去り難いような気持ちになってしまった。男が譲と同じ気持ちだったのかはわからない。けれど、そのあとのほうが会話がはずんだのだから、男も譲と同じような名残《なごり》惜しさを感じていたのかもしれない。

男は会話の接ぎ穂をつなぐのがとてもうまくて、ひとつの質問から違う話題に広げ、深める術《すべ》をよく知っていた。自分のことばかりでなく、譲の話も聞きたがり、いつのまにか、今年の春に高校を卒業したこと、祖父と二人暮らしをしていること、アルバイトをしながら秋に公務員試験を受けること、近所の運送会社で週に五日、午後六時から十時まで働いていることなど、自分の事情も話してしまっていた。

人見知りで警戒心が強く他人と話すのが苦手な自分が、初対面の人間とあんなに会話がはずんだことなんて、これまで一度もない。

思い返せば、妙に心が浮き立って、言わなくてもいいことまでたくさん言ってしまったような気がする。

明日の十時、男が泊まる旅館の前で待ち合わせようと約束をして別れた帰り道、ふと我に返った途端、後悔が押し寄せてきた。

今もまた、ベッドの上でぐっと顔をしかめる。みっともない。恥ずかしい。男が譲の申し出を嬉しそうに受け入れてくれたのも、単なる社交辞令だったのかもしれない。そんなことを望んではいなかったけれど断るのも面倒だから、だなんて内心思われていたら…。

そう想像しただけで、心臓が痛くなった。

考えすぎだと、自分で自分を戒める。嫌なことばかり考えてしまうのは、もし本当にそうなってしまったときに受けるショックを和らげるためだ。だけど、大抵のことは想像したより悪くはならない。何事も深く突き詰めれば悲観的な予想しかできなくなると気づいてからは、あまり深く考えないように心がけている。

ゴロンと体勢を変えた拍子に、時計が目に入った。もう少しで午後三時になる。買い物に行かなければ。譲は勢いよく起き上がった。

車で十五分ほどの場所にあるこのあたりで一番大きなスーパーまで祖父と買い出しに行くのは日課のようなもので、新聞に入ってきた折り込みチラシの特売品を元に、その日のメニューを車の中で決める。初心者マークをつけている譲の運転が危なっかしく思えるのか、横からごちゃごちゃ言われるのは鬱陶《うっとう》しいが、もう慣れた。

譲は六時から仕事があるため、夕食の時間は早い。祖父には時間を合わせなくていいよと言ったのだけれど、年寄りの夜は短いもんだと、結局二人で午後五時には夕食をとることにしていた。

この家に住んでいるのは譲と祖父だけなので、家事は二人で分担しているのだが、高校を卒業してからは、公務員試験を受けるためとはいえはたから見れば単なるフリーターの譲が主になって、掃除や洗濯、食事の用意をこなしている。とはいえ、長年の一人暮らしの経験から家事のスキルは圧倒的に祖父のほうが上で、一緒に住み始めたばかりの頃はよく叱《しか》られていた。洗濯物の干し方を知らない、野菜の皮むきもできない、畳の目に沿って掃除機をかけない、ないない尽くしで、今思えば、自分の無知が恥ずかしい。

今では出汁《だし》も取れるし、素材によって洗濯方法を変えることも覚えたし、床磨きだってするようになった。

譲は階段を駆け下り、居間へ顔を出す。祖父は相変わらずテレビを見ていた。

「じいちゃん、買い物行こう」

「おお、ちょうど終わったとこだ」

テレビの画面には、エンドロールが流れている。

祖父はテレビを消して立ち上がる。譲は一足先に玄関に行って、靴を履いた。靴箱の横から、高さ二十センチほどの平べったい木箱を出した。底を上にして玄関口にぴたりと寄せてから、その上に祖父のサンダルをおく。

足を軽く引きずりながらやってきた祖父は、靴箱に手をおきながら、サンダルを履いた。どこかぎこちないその動作を見るたび、なんとも言えない気分になる。

——去年の秋、祖父は倒れた。急激に気温が下がり、山の紅葉が一気に進みそうな朝のことだった。軽い脳梗塞で、入院期間も短く、幸い言語障害などが残ることはなかったけれど、ほんの少しだけ足を引きずるようになった。細かい作業に集中力があまり続かなくなった。

体を動かすことを億劫がるようになった。

相変わらず口は悪いし元気だし、見た目には杖をついて歩くようになっただけで他には何も変わっていないように見える。だけど、毎日一緒に暮らしている譲からすれば、変わっていないことより以前と違うことのほうが目についてしまう。

テレビを見ている横顔のしわが以前より深くなっていたり、病院から渡された薬の量が増えていたりするのを見るのは辛《つら》い。

老いは、誰の身にも当たり前に来る。頭ではわかっていたことなのに、目の当たりにするとき、こんなに胸が痛むなんて思わなかった。怖くなるなんてわからなかった。

けれどそんなふうに譲が感じていることを、祖父に悟らせたくはない。

「今日、何買うんだっけ。トイレットペーパーだったっけ」

祖父と外出するとき、いつもそうしているように、棚の脇につけたフックから杖を取り、祖父に手渡す。

「ああ。ありゃなかなか安くならんからの」

祖父も礼を言わず受け取る。そのほうが、安心する。

うちで使っているトイレットペーパーは他のものより値段が少し高めなのだが、今回の特売では通常より百円近く安くなっている。普段から安くなっているものにすればいいのにと思うのだが、「尻《しり》を拭く紙が硬いと情けなくてならん」のだそうだ。

玄関を出て、鍵《かぎ》をかける。鍵だなんてかける必要はないと老人ならではの無防備さで祖父は言うけれど、そこは譲が強く主張した。

鍵をかけるのは祖父に任せ、車庫から車を出す。もう十年以上乗り続けている白い車体の軽自動車は祖父が購入したものだが、最近では専《もっぱ》ら譲が運転している。

いまどき珍しいマニュアル車で、購入したときですらすでにオートマチック車が主流だったのだが、今さら新しい操作など覚えられんとマニュアル車にしたらしい。譲は免許を取ってからまだ半年程度しか経《た》たないが、初めからこれだったので特に不便も感じていない。

倒れて以来、祖父は運転をやめた。できないわけではないのだが、祖父本人が万が一誰かに怪我《けが》をさせるようなことになったら悔やんでも悔やみきれないと、自ら運転をやめたのだ。譲と一緒に住んでいる限り、祖父が車の運転をすることはもうないだろう。

車庫から出した車の助手席に、祖父が乗り込む。不意に、さっき自分がとった態度に込み上げた罪悪感がよみがえってきた。

「…帰り、たむらのソフトクリーム買ってこうか」

車を出発させてからすぐ、譲は祖父に提案する。

「お？　いいのか？　面倒くせえんだろ、遠回りすんの」

たむらというのは、行きつけのスーパーより五分ほど車を走らせた先にある店の名だ。手芸用品や洋服などを売っている店なのだが、なぜかそこで、ソフトクリームも買える。ちなみに夏にはかき氷も売っていて、本業よりむしろそちら目当ての客のほうが多いらしい。

祖父もそこのソフトクリームが好きでよく買いに行きたがるのだけれど、讓はわざわざ余計な時間をかけてまで通いたくはない。讓から誘うことは皆無に近いのだが、今日はまあいいやと思った。

「別にいいよ、たまには」

「そうか。たまにはいいわなぁ。何にすっかなぁ」

素直にさっきはごめんなんて言えるわけもなくむしろそっけなく返すが、祖父は嬉しそうに声をはずませる。

讓が幼い頃は祖父が甘いものを食べるところなんて見たことがなかったのに、讓が修学旅行のお土産《みやげ》で買ってきたご当地饅頭《まんじゅう》を妙においしがって、それ以来、甘味に目覚めたらしい。和菓子洋菓子問わず、甘いものならなんでも食べたがるようになった。それは別にいいのだけれど…。

「チヨッコレイトにすっか。ありゃぁうまいもんだ」

なんでか祖父は、クッキーやシュークリームやクレープやらは普通にそう呼ぶくせに、チヨコレートだけはチヨッコレイトと巻き舌で言う。聞くたび笑ってしまうのだが、祖父はしれっとした顔つきを崩さない。チヨコレートだと何度教えても直さないので、覚える気がないのだろう。

「バニラは飽きた？」

「飽きはせんよ。バニラはアイスの王様だ。けど、それぱかりだとつまらん」

「ミックスは？」

「ありゃぁ邪道だ。どっちの味も薄れるだけで何がうまいんだかさっぱりわからん」

「僕はけっこう好きだけど」

「おめーはわかっとらん」

祖父は腕を組んで顔をしかめながら告げる。

甘味暦一、二年のくせに偉そうな。けれど、真剣に言うから面白い。

ふっと肩の力が抜ける。通い慣れた道を運転しながら、譲も楽しい気分になってきた。

明るい気分で眠りにつけば、何もかもがうまくいくに違いないと根拠もなく思うことができるけれど、目が覚めればそんな前向きさはすっかり消えて、忘れていた不安が胸中を埋め尽くす。

昨夜《ゆうべ》、三条を案内する場所を一応考えてはおいた。こんな山の中に何もないと思っていたけれど、細かく見ればそれなりにいい場所はあるものだ。譲自身が気に入っている場所も中にはあって、そこは途中から徒歩で行かなければならないけれど、それほど長く歩くわけではないし、道はわかるので迷う心配もない。

いくつか候補を絞ると、明日の不安がかなり薄れた。喜んでもらえるかどうかは別として、安心することはできたので、何も思い煩《わずら》うことなくよく眠れたのだけれど…。

一夜明けてみると、候補地のどれもが考えてみればみるほどたいしたことがないように思えた。譲自身が気に入っている場所であっても、人が見て感心するかはわからない。

案内するだなんて言わなければよかった。初対面の男との約束だなんてすっぽかしてしまえるようないいかげんな性格だったらよかったのに。自分の生真面目《きまじめ》さが恨めしい。

三条との待ち合わせ場所でもある村でたった一軒の旅館の前に向かう道すがら、一歩進むごとに帰りたくなった。不安は恐怖を連れてくる。もし譲が連れて行った場所を、なんだこんなつまらないところ、だなんて思われたら、きっと怒るより悲しくなるだろう。とても、傷つくだろう。このまま逃げてしまえば…いやでも、約束したんだから。

待ち合わせ時間は午前十時。迷い迷い歩いても、早めに家を出てきたので、十分前には到着してしまう。

三条はすでに、旅館の前で待っていた。車の脇に立って、譲を見つけて軽く手を上げる。今日は三条の車で観光することになっていた。目が合って、譲はぺこりと頭を下げる。

「おはよう」

向かい合って笑みを浮かべる三条は、ジーンズとTシャツの上に赤と黒のチェックのシャツを羽織ったラフな格好をしていた。昨日の黒のコート姿はいかにも落ち着いた大人といった感じだったが、今日はリラックスした雰囲気で若く見える。小綺麗で都会的な雰囲気に気後れしてしまいそうになるが、投げかけられる笑みは気安いもので、ほっとした。

「おはようございます」

「いい天気でよかったね」

昨日に続き、空は青く晴れ渡っていて、絶好のドライブ日和だ。

譲も笑みを返して頷いた。

三条は助手席側のドアを開けて、視線で譲に乗り込むよう促す。

「はい、どうぞ」

荷物を持っているわけでもない、女の人でもないので、車に乗るときドアを開けてもらった経験なんて今までなくて、ちょっとドキッとした。だけどそんなことで緊張するのもおかしな話だ。動揺を悟られまいと促されるままさっさと車に乗り込んだけれど、三条に視線を合わせることはできなかった。

三条は運転席側に回り込み手早く乗り込むと、シートベルトを装着する。そうだ、と譲も慌てて同じようにシートベルトをカチャリとはめた。車に乗るときはいつもしていることなのに、すっかり頭から抜け落ちていた。…やっぱり緊張しているのだろうか。鼓動がだんだん速くなるのがわかる。最近は祖父としか出掛けていないので、なんだか調子が摑めない。

車のエンジンをかけると三条は、譲に顔を向けた。

「じゃあ、どこに行こうか」

「えっと、あの、集会所のほうに、あ、集会所っていうのは……役場じゃないし、えっと公民館なんですけど、ここ真っすぐ行って、あの、辻田《つじた》…あ、辻田っていうのは酒屋で、そこを右に曲がって、で、二つ目の信号を曲がれば役場があって、その先にあるんですけど、しゅう…じゃなくて公民館が」

言いながら、自分でもわけがわからなくなってきた。このあたりに住んでいる人なら誰が集会所といえばどこにあるかを知っているし、辻田といえば酒屋でしかありえない。だけどそれがそのまま三条に通じるわけもないから詳しく言わなければ、と懸命に説明したのだけれど、まったく要領を得ないと我ながら思った。

「うん、こっち？　酒屋を右ね。手前で教えてくれる？」

けれど三条は怪訝《けげん》な顔一つせず、譲に進行方向を確認すると車を発進させる。

スムーズな動き出しだった。エンジン音も静かで、今気づいたが、席の座り心地もかなりいい。中も広い。家の車は軽でこちらは普通車とはいえ、その違いはそれ以上のものだった。内装にも統一感があって、免許はあるが車に詳しくない譲でも、この車がいい車で手間をかけられていることぐらいはわかる。

車内に音楽は流れてなくて、会話がなければ空気があっというまに重くなる。何か話さなければ。車に乗り込んでから何分も経っていないというのに、すでに追い詰められた気分になっていた。

「酒屋って、そこ?」

「え、あ、はい、そうです」

三条からの呼びかけに、前方を確認してから答える。聞かれなければ、見過ごしてしまうところだった。駄目だ、しっかりしなければ。

「昨日、携帯で調べてみたんだけど、いろいろ見所があるみたいだね」

その後に男が挙げた地名は、観光案内にも乗っている有名どころばかりだ。桜の名所や透明度が高いことで有名な湖、映画の舞台にもなった城下町の趣きを残す町並みは、国の重要文化財にも選ばれている。

…そういう場所のほうがよかったのだろうか。このへんのどこがいいかばかり考えていて、遠出をするなんて思いつきもしなかった。三条が挙げたのはここから車で一時間以上かかる場所ばかりだが、譲が今連れて行こうとしている場所と比べれば、どう考えたって有名どころのほうがいいに決まっている。このまま目的地に向かったら、がっかりさせてしまうかもしれない。いや、確実にするだろう。

よし、行き先を変更しよう。幸い、三条が挙げた場所の中には道順を知っている場所もある。どこに行こうか。

「次の信号を曲がればいいんだよね? 右? 左?」

一つ目の信号を過ぎたところで、質問をされる。

「あ、右に」

三条の問いに、慌てて答える。

どこに行くにしても、役場の前に出たほうが都合がいい。頭の中で行き先を考える。さっき三条が挙げた桜の名所は、ここから一番近い。城の敷地跡だという広い公園内には今も城郭の一部が残っていて、その周囲をぐるりと囲むように桜の木が植えられている。今年の桜はもう終わっているが、城の中は見学できるし、近くには明治時代に建てられたという洋館もいくつかあるから、見るものに困ることはない。よし、決めた。頭の中で道順を決める。国道に出れば、道沿いに山を越えていけばいい。後は道路標識を見れば、到着するはずだ。

「今日は、ありがとう」

不意に告げられた三条の言葉に驚いて、運転席の横顔を見つめる。

三条はちらっと譲に視線を移してすぐ前を見る。その表情は、柔らかなものだった。

「この一カ月、どこに行くにも行き当たりばったりでふらふらしてただけだったから、人とじっくり話すのも久しぶりでね。昨日はすごく楽しかった。今日もわざわざこうやって付き合ってくれて、ありがとう」

丁寧な物言いは真摯《しんし》なもので、心からの感謝だと譲に教える。

カッと頬が熱くなる。そんなふうに言われてしまうと、どう逃げ出すかばかり考えていた自分が恥ずかしくなる。でも、なんだか嬉しい。

「そんな、僕が言い出したことですから。迷惑じゃなかったんなら、それでいいです」

慌てふためく内心を隠そうと、返す言葉が早口になる。

「迷惑なんてとんでもない。楽しみで、実は昨夜、あんまり眠れなかったぐらいだよ。遠足の前の日の小学生みたいだろ？」

冗談めかして三条は笑って告げた。

ついさっきまで重かった車内の空気が、ふわりと軽くなる。

そんなに楽しみにしてくれてたのか。昨日、家に帰ってからの自分の後悔を思い返せば申し訳なくなる。けれどそれは、差し出がましいことを言ってしまったと思ったからで、三条と会うのが嫌だったわけではけしてなかった。たぶん、また会いたいと思ったから、あんなことを言ってしまったわけで…。

と、そこまで考えて、まるでちょっと気になる女の子をデートに誘ったときのような言い分だ、とふと気づく。いやそんな経験はこれまで一度もないから実際そんなものかはわからないけれど…というか、男相手にそんなたとえを考えつくことが間違っている。そう、間違っているんだ。譲は自分で自分に強くそう言い聞かせる。

昨日からずっと、男の一言一言に、予期しない感情があちこちから舞い込んでは飛び散っていく。なんでそんなふうになってしまうのか、自分でもよくわからなかった。

広い倉庫の中央に置かれたベルトコンベアが、ごうごうと音を立てて荷物を仕分けしている。その周囲では、トラックに荷物を積み込むため、四角いカゴの形をした人の背丈を軽く越える高さの台車が何台も行き交っている。それらの音にかき消されないよう、あちこちで交わされる会話の声が大きく倉庫内に響いていた。

午後九時を過ぎ、作業はそろそろ終盤に差しかかろうとしている。長距離トラックの出庫時間である午後十時までに、すべての荷物を積み終えてしまわなければならないのだ。

といっても今の時期、それほど荷物は多くない。六月の半ば過ぎあたりからお中元の発送が始まるが、今は嵐《あらし》の前の静けさで、どこかのんびりとした空気が漂っている。もちろんやるべき仕事はそれなりにあるのだが、世間話をしたり冗談を言い合ったりと、気楽に作業をしていた。

仕分けされた荷物を台車に詰め込んでいる最中、ふと、抱えた荷物に貼《は》られた伝票の住所が目に入る。

一つ一つの荷物には数字が印字されたシールが貼られていて、その数字によって機械が行き先を判別する。今台車に積んでいるのは関西《かんさい》方面の荷物なのだが、譲が持った荷物に記載された住所は静岡《しずおか》になっていた。シールの数字自体が関西方面のものになっているので、機械が間違えたわけではない。たぶん、シールを出す際に住所を間違えて入力してしまったのだろう。

「安田《やすだ》さん、これ、静岡の荷物が混ざってます」

一緒に作業をしていた男性社員に声をかける。

社員の安田は、夜間の社員の中では一番若い。高卒で入社して今年で九年目と言っていたから、二十六、七歳のはずだ。顔つきはいかついのだが面倒見がいい人で、譲に仕事を教えてくれたのは安田なのだが、そのときも荒い口調ながらも丁寧に教えてくれた。人と話すことが得手ではない譲を気遣ってだろう、よく声をかけてもくれる。

「静岡？　ちょい見せてみ。…あー、確かに。よく見つけたな、偉い偉い。…ったく、こんなくだらねーミスしやがって。シールの再発行しないと。譲、やり方わかるよな？」

「はい。あの、先に行ったほうがいいですか？　これ、積んでからのほうが…」

シールを発行するには、倉庫の二階にある事務所に置いてある機械を使わなければならないのだが、今ここから離れてしまえば、台車に荷物を積む作業を安田一人にさせてしまうことになる。

「あー、そうだな。終わってからにするか」

「はい。これ、積んだら行ってきます」

「頼むわ」

「はい」

頷いて、荷物をそばにあった長テーブルにおいてから、作業に戻る。

「こういうことって、よくあるんですか？」

「ん？　何が？」

「行き先が違う荷物がまぎれ込むことって、あるんですね」

「あるある。機械は間違わねーけど、人はミスするからなぁ。だけど大体気づくのは、誤着した後なんだよ。で、この荷物の場合、もし気づかないでそのまま出荷してたら、関西に到着してから静岡に転送しなきゃならなくなるわけだ。つーことは、確実に一日は到着が遅れるからさ。今の段階で気づいたら、ミスは取り戻せるだろ？　だから譲はすげーいいことしたんだよ。後でジュース奢《おご》っちゃる」

安田は笑いながら、それでも真摯に譲を褒めた。

真正面から褒められると、なんだか体の中がくすぐったいような、恥ずかしいような気がしたけれど、すごく嬉しい。

「ジュースなんてそんな、いいですよ」

その言葉だけで十分ご褒美だと、譲は笑って遠慮した。

話している間も手を止めず、すべての荷物を台車に積み終わる。あとはトラックに運ぶだけだ。台車の前方にある落下防止の柵《さく》を取りつける。

「今日、なんかいいこと、あったのか？」

不意の質問に、驚く。その内容も思いがけないもので、思わず安田に視線を向けた。

「え?」

「いや、今日、明るいからさ、雰囲気が。よく喋るし」

安田は荷物を台車に積みながら、ちらりと譲に探るような視線を送る。

雰囲気が明るいと言われても、いつもと違う自覚はない。よく喋る…喋っているのか? 普段の自分はどんなだったかと思い返そうとしたのに、今日の出来事が頭を掠める。途端に熱が全身を駆け巡り、なんでか焦りまで込み上げてきた。駄目だ、今これを思い出したらいけない。譲は安田にどう返せばいいのかだけを考える。

「そんな…そんなに僕、いつも暗いですか?」

内心の混乱を隠そうと、引きつりそうになりながらも笑顔を作り、気軽な調子に聞こえる言葉を必死で探し出す。

「そんな返しができること自体、いつもと違う。譲の返事は大抵はいかいいえだけで終わるのに、今日は会話がはずむからさ。なんかあったのかと思って、不思議になったんだよ」

ようやく繰り出した言葉もあっというまに打ち返されて、言葉を失う。

譲自身、自分が口数の多くないタイプだとは自覚している。もしかしたら、それを不快に思わせていたのだろうか。突然の質問にうろたえていた頭の中に、不安が混ざる。

「ああ、勘違いすんなよ? 俺は無駄口多いヤツは好きじゃねーし、おまえが仕事に対して真面目なのは知ってるから信頼してる…って、なんか俺、偉そうだな」

最後にくだけた口調で告げたのは、不安な表情を浮かべている譲を安心させるためだろう。見た目のいかつさとは裏腹に、優しい人なのだ。

「まあ、いつもそれぐらい喋ってくれたほうが俺は嬉しいってことだ。こういう作業のとき黙々とやってたら、空気が重くなるし、つまんねーだろ？　ちょっとぐらい会話があったほうが仕事もはかどるもんだよ」

安田の言うことは尤《もっと》もで、確かに作業中、少しぐらい会話があったほうが楽しい。

「…はい。すいませんでした」

「なんで謝るんだよ。あほか」

謝罪する譲の頭を軽く小突いた安田は笑っていたので、ほっとした。

「じゃあ、行くか。俺はトラックにこれ運んどくから、おまえは事務所でシール再発行してこいよ」

「はい」

譲も笑顔で返して、長テーブルに置いていた荷物を持つ。

安田の言葉に安堵《あんど》しながら事務所へ歩いていると、心が勝手についさっき呼び出した映像を蘇らせる。

『今日、なんかいいこと、あったのか？』

安田の言葉を聞いてすぐ、一番に浮かんだのは今日三条と出掛けたことだった。

一度思い出したらもう駄目で、記憶はあらゆる出来事を再生していく。

三条と車で訪れた公園をぐるりと囲んだ池、木々の緑の濃さ、芝生に寝転んで見上げた青い空、目に入るすべての色がとても鮮やかに目に映った。

途切れがちだった会話が徐々につながり、広がっていく。自分が何を話したかは、あまり覚えていない。緊張とは違う、けれど鼓動は浮き立つようにずっと速く脈打っていて、ふわふわとした心地をずっと感じていた。いつもよりよく喋り笑っていたのは無理をしたからじゃなく、譲自身がそうしたいと思ったからだ。三条に、少しでも楽しんでほしかった。退屈なヤツだと思われたくなかった。

——そんな自分の心情を、今さらながら自覚した途端、羞恥が込み上げる。

待ち合わせ場所に行く前は、あんなに気乗りしていなかったのに。

結局、三条に家まで送ってもらった別れ際、また明日会う約束を交わしてしまっていて、何かあったときのためにと携帯番号を交換した。明日の行き先は、決めてある。紅葉で有名な湖に行くことにした。今度は譲から誘ったわけじゃない。もしよかったら明日また会えないかな、と三条から言い出したのだ。これといった用事はないし、嘘もつけない。うまい断り方だって知らないのだから、下手に出て誘われてしまえば、頷いてしまうほうが楽だった。

…だなんて、言い訳に過ぎない。誘ってくれるということは、譲にまた会いたいと思ってくれたということだ。今日、楽しんでくれたということだ。それが嬉しくて、誘われてすぐ、考えるより早く飛びつくように頷いていた。

そんな自分の胸の内をまざまざと思い返せば、情けなさが込み上げてくる。もしかしたら、三条はそんな譲の内心に気づいていて、こんなに喜んでるんだから少しは遊んでやろうと誘ってくれたのかもしれない。一回り以上年上の男の気遣いかもと思ったら、どうしたってそれ以外考えられなくなった。なのに、今日の出来事など何一つ知らない安田にすら気づかれるほどはしゃいでいた自分のみっともなさに、頬が熱くなる。

「何ぼさっと突っ立ってんだ！　あぶねーぞっ！」

突然背後から聞こえてきた怒声に、ビクリと肩が跳ね上がる。

振り向くと、荷物を運ぶ小型のフォークリフトが、真後ろに止まっていた。

大きな荷物の場合、トラックからトラックへフォークリフトでそのまま運ばれるものもあるのだが、倉庫内でのフォークリフトの走路は決まっていて、黄色い線で線引きされている。いつのまにか、足が止まっていたらしい。譲はその走路のど真ん中で立ち止まっていた。

「すいませんっ」

慌てて避《よ》けて、運転席に向かって頭を下げる。

駄目だ。仕事中なのに、余計なことを考えている場合じゃない。またすぐにでも頭の中を埋め尽くしそうになる三条の面影を振り払い、今度こそ足早に事務所へ向かった。

アルバイト先の運送会社から家までは、車で十分もかからない。家に到着するのは大体十時十五分過ぎなのだが、祖父はとっくに寝ているので明かりのついていない家に帰ることになる。けれど今日はなぜか、居間の明かりがついていた。

心臓が、嫌な感じで鼓動を速める。どうしたのだろう。何かあったのだろうか。居間で倒れているとか…。

実際、祖父は一度倒れている。去年の秋の記憶がよみがえる。

前日よりかなり冷え込んだ日の朝、譲が家を出る直前に祖父はバタンと大きな音を立てて倒れた。譲は玄関で靴を履いていたので、倒れた瞬間は見ていない。けれどそのときの、背後から聞こえてきた音は今でもはっきり覚えている。何が起こったか、すぐにはわからなかった。何か蹴倒《けたお》しでもしたのかとたいして心配もせず、靴を履いたまま一応声をかけたが、返事がない。面倒だと思いつつ、片方の靴だけ脱いで、けんけんしながら襖を開けた。

そのときの、一瞬で全身の毛が逆立つような感覚を今でも覚えている。うつ伏せに倒れていた祖父の体は、テーブルに隠れてすべては見えなかった。何が起こったのかわからなくて、だけどとりあえず祖父のそばに行かなければとそれだけは頭に浮かんで、祖父の脇に膝《ひざ》をついた。じいちゃん、と呼んでも返事がないことに焦《じ》れて、肩を摑んで揺り起こそうとした。そこではっと我に返り、動かしたら危険だと、テレビドラマか警察二十四時か何かで見ただけの浅い知識を不意に思い出した。慌てて手を引っ込めた後、ようやく救急車を呼ぶことを思いついて、電話をした。何をどう伝えたのかは覚えていない。十分足らずで救急車は来たけれど、それまでの時間がとんでもなく長く感じたことだけは覚えている。

今では少し足を引きずる以外、すっかり元気になっている。後遺症がその程度で済んでよかったと人は言うし祖父も言うし、譲自身も確かにそうだと思いはするけれど、あの朝、我に返った後の混乱は恐怖そのもので、もう二度と思い出したくない経験になった。

「じいちゃん」

襖を開けると同時に呼んだ声が緊張で上ずったのは、そのせいだ。もしかしたら、と思ったら、怖くなった。

「おう、お帰り」

指定席の籐のチェアーに座ってテレビを見ていた祖父は、譲に笑顔を見せて、いつもと変わらない元気な声を聞かせる。

譲は、ほっと息をついた。

「どうしたの？　こんな時間まで起きて」

「ん？　ああ…」

祖父は何かを言いよどむような素振りを見せる。

いつでもなんでもすっきりはっきり告げる祖父が、こんな様子を見せるのは珍しい。どうしたのかと訝しく思う。

「おまえ、明日は家にいるのか？」

声の調子を変えて告げられた質問に、ドキッとする。

今日、家に着いたのは午後四時過ぎだった。日課になっている買い物の時間には間に合わなそうで、途中祖父には連絡を入れておいたのだけれど、おおわかったと言われただけで、特別嫌な感じはしなかったのだが…。

三条と明日も会うことは、まだ祖父に教えていない。会ったばかりの男と二日連続で遊ぶ約束をしたなんて、人見知りの譲の性格からは考えられないことだ。いろいろ突っ込まれそうな気がして嫌だったし、気恥ずかしさもあったし、それに…後ろめたさも感じていた。

外出するときはいつも、祖父も譲も一声かけてから家を出ているのだが、明日は誰に会うとは告げずに行こうと思っていた。こんなふうに真っすぐ尋ねられるなんて想定外だった。

「え、あ…出掛ける。今日会った…三条さんっていうんだけど、その人をまた明日も案内することになって」

聞かれてしまえば正直に話してしまう。口ごもりながら答えると、祖父はなぜかほっとしたような笑顔になった。

「そうか。わかった。あんまり遅くならんようにな。明日も仕事だろう」

「うん。今日ぐらいまでの時間には帰ってくる」

ねほりはほり突っ込まれないことにほっとする。けれど、またすぐついさっき感じた訝しさがよみがえってきた。

祖父が譲の行動をわざわざ確認することは、ほとんどない。自分の用事があって車を出してほしいときに尋ねられることはあっても、こんなふうに理由も言わないことなんて…と、そこまで考えてはたと思い当たる。祖父がこんなふうに歯切れが悪くなる理由は一つで、それ以外考えられない。

「――うちから連絡あった？」

「ん？　……ああ、まあ、そうだな」

「なんだって？」

「明日、要《かなめ》の大会があるんだってよ。んで、通り道だから寄ってくってさ」

「……そうなんだ。要も来るの？」

「いや、要は学校のバスに乗ってくらしい。守《まもる》も仕事休みだって言ってたから、二人で来るんじゃねえか？」

「じいちゃん、要にずっと会ってないね。正月もあいつ、家にいなかったし」

「そうだなぁ。忙しいからな、要は」

守とは祖父にとっては娘の夫、つまり譲の父親のことで、要は譲の年子の弟だ。

祖父だけでなく、譲自身も、ここ数年は要と顔を合わせる機会はそれほど多くなかった。

それは譲が祖父の家に住んでいて、一年のうち長い休みの数日しか実家に帰らないからだけではなく、要自身が家にいる時間が普通の高校生に比べて短いのだ。

要は、五歳から始めたテニスで才能を発揮し、小学六年で全国大会ベスト四、中学三年で準優勝、高校は県内で一番のテニスの強豪校に特待生として入学している。高校でも一年から全国大会に出場していて、去年のインターハイではベスト四まで勝ち上がったというのだからたいしたものだ。県内はもちろん、全国的にもその名は知られているらしく、強化選手やら選抜選手やらにしょっちゅう選ばれている。高校での練習の他、遠征や合宿が頻繁にあって、土日はもちろん、平日でも家には寝に帰るだけの生活をずっと続けているのだから、離れて暮らしている譲と顔を合わせる時間なんて、ほぼないに等しい。前に会ったのは…去年のお盆だったろうか。そのときですら久しぶりに会ったので、とっくに抜かれていた身長の差がさらに広がっていたことや体つきががっしりしていることに驚いた記憶がある。

実は、譲もテニスをやらされていた時期があった。

譲たちの父親は学生の間ずっと続けていたテニスを、自分の子供にもやらせたかったらしい。近所にあったテニスクラブに五歳のときから通わされていたのだが、譲は家でお絵かきをしたり本を読んでいるほうが好きな子供だったので、なかなか上達しなかった。テニス経験者の父親はそんな譲に苛立《いらだ》つのだろう、厳しい特訓を強いてくるのだが、譲はそれでますますテニスが嫌になる。どうにもならない悪循環の中、それを救ってくれたのが一年遅れでテニスを始めた要だった。

もともと要は、暇さえあれば走り回っているような活発な子供で、かけっこも譲より速かったし、ボールを取ったり投げたりも要のほうがよっぽどうまくできた。

二人でテニスクラブに通うようになって初めの数年は、一年早くテニスを始めていた譲のほうがうまかったのだが、小学三年になる頃にはほぼ互角、四年で初めて負けた。悔しいとはあまり思わなかった。それより、譲と要、二人を比べて勝負を煽《あお》る父親のやり方がとても嫌だったことを今も覚えている。たぶん悔しさを感じさせてもっと頑張らせるためだったのだろうけれど、もともと人と争うのが苦手な譲にとっては逆効果にしかならなかった。

譲を負かしてからの要の成長ははたから見てもものすごいスピードで、あっというまに全国大会まで駆け上がっていった。父親は要のほうにかかりきりになって、譲は小学校卒業と同時にテニスをやめた。周囲からすれば譲は父親に才能を見限られた可哀相《かわいそう》な長男だったらしいが、譲はもうテニスをしなくて済むことが嬉しかったし、父親も最後にお疲れさまと譲がずっとほしがっていた携帯ゲーム機をプレゼントしてくれたので、譲の気持ちをわかっていたのだろうと思う。

今でも父親との関係は悪くない。特によくもないが、まあ普通の父子だろう。要とも顔を合わせればそれなりに会話をするし、互いに無関心なわけでもない。兄弟がいる他の友人たちから聞く話に比べても、仲がいいほうだと思う。

じゃあなぜ祖父がうちからかかってきた電話のことを、譲にこれほど改まって伝えるのか。問題は、それ以外にあるからだ。

「……母さん、何か言ってた？」

「あ？　いつもと変わらんよ。メシはちゃんと食ってるか、仕事は真面目にしてるのか…」

「おかしなことはしてないかって？」

祖父の言葉尻を、笑いながら途中で奪う。自虐的な笑いだと、我ながら思った。

そんな譲の笑顔を、祖父は悲しげに見つめる。何か言いたくても言葉が見つからないような戸惑いが浮かんでいる。

祖父にこんな顔をさせたいわけじゃない。けれど、母親の話題になると互いにどう言葉を繕えばいいのかわからない状態になってしまう。だから、これ以上話したくない。

「ごめん。このためにわざわざ起きててくれたんだよね、じいちゃん。ありがとう。——僕、明日別にいなくてもいいよね？」

「ああ。チラッと顔出すだけだって言ってたし、おまえに特別用があるってわけでもねえだろうから、いいだろ、別に。気にすんな」

「うん。じゃあ、上行く。じいちゃんも寝なよ。おやすみ」

「ああ、おやすみ」

明るい声で交わす会話はどこか空々しい。けれど、その明るさが今は必要だった。

譲は居間を出て、階段を上る。部屋に入って明かりをつけて、ベッドに大の字になって寝転んだ。

目を閉じて、細く長い息をつく。

考えたらいけない。考え始めれば、深みにはまるだけだ。何か他の、楽しいことを考えようと思ったら、脳裏に浮かんだのは三条の笑顔だった。ささくれそうになっていた胸の内が、ゆっくり凪《な》いでいく。

明日も仕事があるから夕方までしか時間はないが、明後日《あさって》は仕事が休みだ。時間を気にしないで済むなら、もう少し遠出しようか。それとも、何カ所か回る計画を立てようか。三条はどこか行きたい場所はあるだろうか。

いつのまにか、心がふわふわ浮き上がる。頭の中でいろいろ予定を立てているうち、はっと我に返った。…まだ約束もしていない明後日の計画を、なぜこんなにウキウキしながら考えているのか。相手の都合を聞きもせず、一人で先走ったって仕方ないのに。

三条に会っていてもいなくても、思い出しただけで気恥ずかしかったり心配したり、まるでスーパーボールを床に投げつけたときのように、感情があちらこちらへ飛び跳ねる。落ち着かなくて、戸惑う。困るけれど、楽しい。ワクワクしながら、怖くもあった。

混沌とした感情は、次から次に溢《あふ》れるほどに湧いてくる。三条のことを考えるだけで、自分でも不思議になるぐらい胸が高鳴った。

——どうせすぐ、いなくなってしまう人だ。せめてその間だけでも…。

そこまで考えて、ピタリと思考が止まる。一瞬で頭が冷えた。

そうだ。三条は東京から来た人で、たまたま出会っただけの人だった。明日会えても、明後日会えるとは限らない。

そんな当たり前のことに、今さら気づいた。もう二度と、三条に会えなくなるのかもしれない。そう思った途端、さっきとは違う嫌な感じで鼓動が速くなっていく。

なぜこんなに動揺しなければならないのか、自分でもわからない。その理由を、突き詰めて考えるのが怖かった。

午後から天気は下り坂で、夕方から雨も降り出すでしょうと、家を出る前に見た天気予報では告げていた。

今日これから向かう湖は、ここから車で二時間近くかかる場所にあるので、昨日より一時間早い午前九時に待ち合わせている。雨が降り出すのが夕方からなら、家に戻る頃に降り始めるはずで、遠出しても大丈夫だろう。

待ち合わせ場所へ向かう足取りが、いつのまにか速くなる。早く早く、家から遠ざかりたい。急《せ》かされるまま、ズンズン歩いて行った。そのせいか、九時十五分前には旅館の前に到着してしまう。さすがにまだ三条はいなかった。車もない。

もうすぐ出てくるだろう。譲は門柱に背を預けて待つ体勢をとった。

体の動きが止まると、ついさっき、家を出る前の祖父とのやり取りが頭を過《よぎ》る。

祖父は、楽しんでこいよと明るい声で送り出してくれた。譲は靴を履きながら、うん、と頷いた。後ろめたさが込み上げてきて、祖父の顔を見ることができない。けれど、家にいようかとはどうしても言えなかった。

いつまでも逃げていたってどうしようもないのはわかっていても、真正面から向き合う勇気は出てこなかった。

「あら譲ちゃん、おはよう。どうしたの?」

声をかけてきたのは、旅館の女将《おかみ》さんだ。小さな村は隣近所同士の付き合いが濃く、高校から祖父の家で暮らすようになった譲のことも、もちろん知っていた。女将さんといっても、テレビでよく見る着物をびしっと着こなして、というものではなく、襟の部分に旅館名が刺《し》繍《しゅう》された小豆《あずき》色の作務衣《さむえ》を着ている。ちりとりと竹箒《たけぼうき》を持っているということは、表の掃除に出てきたのだろう。

「あ…待ち合わせで」

「待ち合わせ?　こんなとこで?」

女将さんは訝しげに譲を見つめる。しまった、と思った。このあたりでは、近所の友人と会うなら、直接家に行くのが当たり前だ。こんなところで待ち合わせなんて、不思議に思われるに決まっている。けれど、三条がいつ現れてもおかしくない状況で、嘘をつくのも憚《はばか》られた。

「あの…たまたま知り合いになって、あの、ここに宿泊してるお客さんと」

「あの男前と？　あらやだ、譲ちゃん、どこで知り合ったのよ。ああ、もしかして、ずいがんさま？　そういえば、人がいたって言ってたけど、あれ、譲ちゃんのことだったの？　可《か》愛《わい》い子に会ったって言うから、すっかり女の子のことだと思ってたわ。そりゃまぁ、譲ちゃんは可愛いけどねぇ」

言いよどみながら告げると、女将さんは素早く食いついてくる。早口で告げられた言葉の内容に、カッと頬が熱くなった。…可愛い子。可愛いというのは、自分のことだろうか。ずいがんさまで三条に会ったのはたぶん譲だけだと思うけれど…可愛い？　鼓動がどんどん速くなっていく。

「あの人も変わり者だよねぇ。わざわざずいがんさま目当てにこんな辺鄙《へんぴ》なところに旅行に来るなんて。そりゃ水はおいしいけど、たいして有名なわけでもないじゃない？」

いろいろなところを旅行して回っているとは聞いていたが、ずいがんさま目当てでここに来ていたとは知らなかった。

「あれ、女将さん、譲君と知り合いだったんですか？」

声の方向に振り向くと、ジーンズとネルシャツのラフな格好をした三条が現れる。

「それはこっちのセリフですよ。ずいがんさまで会った可愛い子って、譲ちゃんのことだったのねぇ」

女将さんが笑って告げると、譲の向かいに立った三条も楽しげな笑顔を作る。

「嘘はついてないじゃないですか。——おはよう、譲君」

こともなげに返す三条は、譲にニッコリ笑って挨拶《あいさつ》をする。

「あ…おはようございます」

譲も挨拶を返したが、三条の言葉に心臓の鼓動が速くなる。可愛いという単語が十九の男に対しての褒め言葉だとはとても思えないが、けなされているとも思えない。譲自身、傷つくというよりは恥ずかしいというかなんだかくすぐったい気分になって、三条と目を合わせることができなくなった。

けれど譲のそんな複雑な胸の内など、当然三条には伝わっていない。

「それじゃ女将さん、いってきます。夕食までには帰りますから。——じゃあ、行こうか。車、駐車場にあるから」

そつなく女将さんに断ってから、三条は譲を促した。譲も軽く女将さんに頭を下げてから、二人並んで歩き始める。女将さんの「いってらっしゃい」の声に、二人振り向いてまた頭を下げる。見送られるのがなんだか照れ臭い。

駐車場に止めた車に乗り込んで、シートベルトを締める。

「ごめん、待たせてた?」

「いえ、来たばかりです。——三条さん、ここに来たのって、ずいがんさまに行くためだったんですか?」

可愛いという単語が頭の中を飛び交うのが嫌で、それを振り払うために、ついさっき聞いた女将さんの言葉を確かめる。

「ん? どうしたの、いきなり」

「さっき、女将さんが言ってたから」

「…ああ、うん。地図で見つけてね。どんなところかと思って。——それより、今日行く湖って、日本で三番目に水の透明度が高いんだってね」

「はい。そうみたいですね。三番っていうのが自慢していいことなのかどうかよくわからないんですけど…」

一番なら胸を張って自慢できるけれど、と譲が笑うと、三条も笑った。

その笑顔に、ふわっと心が熱を持つ。三条が笑ってくれるとなぜこんなに嬉しいと思うのか、自分でも不思議だった。

これから向かう先は、三条が言うとおり、透明度が高いことで知られている湖で、そこから流れる川を渓流伝いに散策するコースがあるのだが、秋の紅葉には観光客も多数訪れる、県内有数の観光スポットだ。

「譲君は行ったこと、ある?」

「二回、あります。初めて行ったのは、小五のときの林間学校だったんですけど…朝早い時間に起こされて、川伝いにずっと歩かされて。今思えば、散策コースだったと思うんですけど、すごく寒かった記憶しかないです」

そう言いながら、話しているうち、忘れていた記憶をいくつか思い出す。

季節は確か夏だったのに、小雨がぱらつきとんでもなく寒い朝で、周囲にもやがぼんやりかかっていたこと。しんとした静寂の中、耳を澄まさなくても、川のせせらぎや葉擦れの音、鳥の鳴き声が聞こえてきたこと。朝っぱらから元気なクラスメートがはしゃいで川に転げ落ちたこと。一つ一つの音が強く聞こえて、けれどすぐに吸い込まれるように消えていった。寝起きだからか時間の感覚がまったくなくて、白んだ空の端から青みを帯びていくのが目に入ったら、今はまだ世界が目を覚ます前なんだと不意に思って、少し怖くなった。

——鮮明に蘇った記憶に、こんなにたくさんのことをあのとき思っていたんだと驚いてしまう。そうだった。あのときなんでか怖いと思ってしまって、だけどそんな感覚は友達と話しているうちあっというまに消えていったから、すっかり忘れていた。

忘れていたことを思い出すと、胸がギュッと痛くなる。こんなふうに、たくさんのことが記憶から消えてしまっているのだろう。忘れたいことや、なかったことにしたいことは、いつまでも胸に深く深く刻まれているのに。

思い出したくないことまで頭を過りそうになって、譲は慌てて思考を断ち切った。

「二度目は中学…確か、二年のときで、紅葉シーズンだったんですけど、そのときは紅葉なんてあんまり興味もないし、観光客がいっぱいで景色を見る余裕もなくて、どんなだったかあまり覚えてないです」

「ああ、若いうちだとそんなもんだよ。修学旅行で国宝の寺をいくつ見せられても、覚えてるのは友達と夜抜け出したこととか、女子の部屋に忍び込んだことぐらいだからねぇ」

しみじみと告げる三条の様子に笑いながら、そうか女子の部屋に行ったのか、と引っかかった。でもそんなことはよくあることだし、自分たちの修学旅行だって、周りは誰と誰が一緒にいるとかいないとかで盛り上がっていた。別に、おかしいことでもなんでもない。そんなことを気にしたら駄目だ。

それ以上深く考えたらいけないと、譲は話題を変えるために湖までのルートを三条にざっと説明する。昨日行った公園もそうだが、今から行く湖も県内では数少ない全国的に有名な観光地なので、細かな道順を知らなくても、道路上にある標識の案内どおりに行けば、楽に辿り着けると伝えた。

「国道に出るのは、昨日のルートどおり？」

「はい」

「うん、じゃあ出すよ」

軽い口調で告げたあと、車がスムーズに動き出す。

会話が一瞬途切れただけで、落ち着かない気分になる。何か話さなければ。昨日はそんなとき、三条が何気なく話題を振ってくれたし、今も待っていれば何かを話し出してくれるのだろうけれど、待っていられる余裕がなかった。黙っていれば、思考が止まる。何もしなければ考え込んでしまうだろうということが今日はいくつもあって、沈黙の気まずさよりそのことのほうが怖かった。

「…ここに来る前って、どういうところに行ってたんですか？」

二人話さずにいたのは一分もないほどで、沈黙というほどの間でもない。けれど譲は気持ちが急かされるまま、問いを投げかけた。

「ん？　そうだな…。それこそ、京都《きょうと》に行って寺を見て回ったり、奈良《なら》の大仏も見たな。やっぱりある程度年を取ったほうがありがたみがわかるものなんだろうね。真剣にお参りしちゃうんだよ、そういう場所に行くと」

三条は、切羽詰まった譲の内心とは裏腹に、相変わらず柔らかな口調で返してくる。会話が続きそうなことにほっとした。

三条の言葉に、ずいがんさまを思い出す。全国的に有名な寺とは比べ物にならないが、一応あそこも神域の一つだ。山の中にある小さな寂れた神社でも鳥居をくぐると、行き慣れている譲ですら、背筋がピンと伸びるような感覚を覚える。

「確かにそうですね。ああいうところは、空気が違う感じがします」

「うん。少し怖くもあるんだけど、なんとなく落ち着く」

「そういうところ、好きなんですね」

「そういうところって？」

「寺とか神社とか。初めて会ったのもずいがんさまだったし」

地元の人しか知らないような神社目当てにここへ来たというのだから、よっぽど好きなのだろう。譲自身は今のところ、寺にも神社にもそれほど興味はないが、三条の言うとおり、もう少し年を取ったら、変わるのだろうか。

三条は、譲の言葉にほんの少しだけ黙り込む。けれど、どうしたのかと訝しむより早く、口を開いた。

「……京都で見るものっていったら、まずはそういう場所だからね。他にもいろいろ行ってるんだよ？　大阪《おおさか》で吉本新喜劇《よしもとしんきげき》を見たり、神戸《こうべ》で神戸牛を食べたり。…とんでもない値段だったけど」

三条は、冗談めかした口調で告げる。…吉本新喜劇。見た目のクールで知的な印象とのギャップに、譲は思わず吹き出してしまう。

それから話題は広がって、三条は仕事で海外に行く機会も多いらしく、さまざまな国の話を聞いた。いろいろな人との出会いや風習の違いを聞いて、感心したり驚いたりしているうちにどんどん時間が過ぎていく。

会話がはずむと、ほっとした。考えないようにしているいくつかのことは、ちょっとした沈黙の隙間に食い込んで、あっというまに頭の中を埋め尽くしてしまうけれど、三条の言葉に集中すれば、それらに捕まらなくて済む。

会話を続けることに夢中になって、三条が言葉を飲み込むように言いよどんだ一瞬の沈黙に気づく余裕が、今日の譲にはなかった。


湖のそばにある駐車場に車を止めて降りた途端、冷たい風が吹きつける。

雲が多めの空の青は昨日より淡い色をしていて、風が強い。肌寒さに、もう一枚何か羽織ってくるべきだったと、今さらながら後悔した。譲が住む町も山の中にあるのだが、ここはさらに標高が高い場所にある。予想したよりかなり気温が低かった。

「けっこう寒いな」

譲ですら寒さを感じるのだから、三条はなおさらだろう。顔をしかめてポツリと呟いた。

「…寒いですね」

譲は腕組みをしながら二の腕あたりをさすった。

三条はロックしたばかりの車のドアをまた開けて、後ろの座席から黒い何かを取り出す。どうしたのだろうと思ったら、三条は取り出したものを譲に差し出した。

「積んでおいてよかったよ」

三条の手にあったのは薄手の黒いコートで、見覚えがあるなと思ったら、三条と初めて会った日、ずいがんさまで着ていたものだった。

「大丈夫です、三条さんが着てください。寒いでしょう?」

「いいから着て。俺なら大丈夫だから」

「でも…」

「譲君のほうが薄着でしょ?　それに、ほら」

三条はそう言いながら、後部座席に視線を送る。促されるように譲も車の中を見れば、ジップアップのグレーのパーカーが見えた。

「長旅の途中だからね。着替えはある程度積んであるんだよ。だから、どうぞ」

三条はコートを広げ、譲の肩にふわりとかける。薄手だが、生地の柔らかな感じが洋服越しでも伝わってくる。暖かい。名前で呼ばれて優しく気遣われると、なんだか気恥ずかしくなってくる。でも、全然嫌な気分じゃない。嬉しかった。

三条は、自己紹介し合ったときから、当たり前のように「譲君」と名前で呼んだ。譲を名前で呼ぶ人は他にもいるけれど、三条の声で呼ばれる自分の名は、丸みを帯びて可愛らしく聞こえる。君づけのせいもあるのだろうか。呼ばれるたび、胸にコロコロと転がって、くすぐったい。

「……ありがとうございます」

「どういたしまして」

微笑んでこちらを見返す三条と目が合うと、胸が痛くなった。なんだこれはと思ったら、鼓動がどんどん速くなる。一気に体が熱くなる。

「譲君？」

「え？　あ、はい、行きましょう」

訝しげに譲の顔を覗き込む三条に自分の顔を見られたくなくて、譲は慌ててコートに腕を通し、歩き出す。コートは体格の差そのままに、譲には少し大きかった。

人の数はまばらだが、広い駐車場は半分ほど埋まっていて、平日にしては思ったより人がいた。大型バスも二、三台止まっていて、県外ナンバーの車が多い。

「…観光客がけっこう多いですね」

三条と並んで歩きながら、周囲を見回す。

「一番人気は秋の紅葉シーズンだけど、五月六月の新緑も見応《みごた》えがあるらしいよ」

三条もいろいろ調べたのだろう、ネットに書いてあったと笑って告げる。

「そうなんですか。この時期に来るのは初めてなので、楽しみです」

笑って返すと、なぜか三条は、譲の頭をポンポン撫でた。

突然の行動に驚いて、思わず立ち止まり、三条をじっと見つめてしまう。

「……あの」

「何かあった？」

「え？」

突然の三条の問いに、思わず聞き返してしまう。

「今日、朝からずっと気を張ってたみたいだから」

そんなことはないです。そう言い返そうとしたが、思わず黙ったまま俯いてしまった。三条はそんな譲の頭を、もう一度撫でる。

「譲君、人見知りするタイプでしょ？　口数もあんまり多くないし、昨日も徐々に慣れてくれたかなって感じだったのに、今日は初めからエンジン全開で頑張ってたから、何かあったのかと思って。仕事で嫌なことでもあった？」

「そんなことないです。元気ですよ？」

焦りが込み上げて、譲は顔を上げて間髪いれずに答えるが、その間のなさがかえって内心の動揺を教えてしまう。すべて見透かしているような三条の言葉にいたたまれなくなって、それ以上言葉が続かなかった。

嫌なことなんてない。元気がないわけでもない。三条とたくさん話せて、車の中でも楽しかった。——ただ、どうしても頭の片隅に気にかかることがあるだけで。けれどそんな譲の勝手な思いは、もちろん三条には少しも関係ないから、表に出さないようにしていたつもりだったのに、結局無駄だったのか。

　譲の落ち込みに気がついたのか、三条は困ったような笑顔を見せる。

「ああ、責めてるんじゃないよ。ごめん。こんな聞き方したら駄目だよな」

　謝罪の言葉に、ますます慌ててしまう。

「三条さんが謝る必要はないです。すいません、僕がなんかうまくできなかったから…」

「うまくできなくてもいいんだよ。隠してほしいわけじゃないんだから。もしかして、ちょっと疲れてる？　…まあ、二日連続で遠出してるんだから、そりゃ疲れるよな。誰かと出掛けるなんて久しぶりで楽しかったから、つい甘えてた。ごめんな、こんなおじさんに付き合わせて」

　三条の口調は真摯なもので、申し訳ないと思っているのがはっきりと伝わってきた。

　その瞬間、カッと頭に血が上った。思わず譲の髪を撫でていた三条の指を手で拭う。

　謝罪の言葉も柔らかな口調も頭を撫でる優しい指も、すべてが譲を子供扱いしているように思えて、腹立たしさが突然込み上げてくる。

「付き合わされてるなんて思ってませんっ。僕だって昨日は楽しかったし、今日来たのだって三条さんにまた会いたかったからだし、気を張ってたのは確かにそうだけど、いくら自分に嫌なことがあったからって不機嫌な態度とるなんておかしいじゃないですかっ！　それに三条さんをおじさんだなんて思ってませんっ！」

三条を睨《にら》みつけ、激しい口調で言い切ってから、はたと我に返る。三条は、いきなり怒り出した譲を、あっけにとられたような顔をして見つめていた。

…何を言ってるんだ。三条の言葉はまぎれもなく譲を気遣ったもので、感謝こそすれ怒る筋合いなどないものだったのに。こんなふうに他人に向かって感情を爆発させたことなどこれまで一度もないから、どう言い訳をすればいいのかわからない。とりあえず、謝らなければ。だけど、まるで小さい子供にするような慰め方が嫌だった。そりゃ三条に比べれば自分は高校を卒業したばかりの子供かもしれないけれど…。感情があちらこちらに飛び散って、収拾がつかなくなっていた。

「ありがとう」

三条はまた予想外の言葉を繰り出して、押し寄せる感情の波に溺《おぼ》れそうになる譲の手を引き上げる。

「譲君が楽しかったって言ってくれるなら、嬉しいよ。ほっとした。おじさんじゃないって言ってくれるのも」

三条は笑顔でそう告げてから、また譲の頭に手を伸ばし…かけたが、引っ込めた。

「嫌じゃないです。すいません。手を振り払ったのは嫌だったからじゃなくて、子供扱いされてるみたいで嫌だったというか…でも実際子供ですけど…」

もう自分でも何を言っているのかわからなくなってきた。子供扱いは嫌でも、三条に触れられるのは嫌じゃない。だけど、こんなふうに必死になって教えなくてもいいことだろう。譲は羞恥にまた俯いてしまう。

　駄目だ、今日の自分は三条に言われるまでもなくおかしい。感情のコントロールができなくて、うまく言葉が出てこなかった。

「譲君、大人だと思うけど…？」

「え？」

　思わず顔を上げて三条を見つめてしまう。三条は、真面目な顔をしていた。

「そりゃ年は若いけど、言葉遣いも気遣いもきちんとできてるし、俺が十八、九のときより全然ちゃんとしてるよ」

　真正面から褒められると、嬉しく思うより慌ててしまう。

「いいんだよね？」

　そんな譲の困りようを見抜いたのか、三条は冗談めかした口調で言いながら、もう一度譲の頭を優しく撫でた。

「嫌なことがあったら、愚痴ぐらいこぼしたっていいんだよ？　話すだけで気分はかなり楽になるし、内に溜め込んでると辛くなるだけだから」

　柔らかな声音で告げられた言葉は、もしかしたらそれほど目新しいものではないかもしれない。けれど、譲自身にそう言ってくれた人は今までいなかった。

胸が詰まる。昨日、祖父から聞いた話のせいだろうか、弱くなっている自分を感じた。誰にもけして踏み込ませない領域が譲にはあって、普段それは胸の奥底に重石で沈めてある。それを今、三条の声が優しく包んで持ち上げてくれたような気がした。

「……あんまり親と…母親とうまくいってなくて」

ポロリと口にした途端、視界が潤んだ。なんだ、これは。こんなことで泣くのか？　たった一言口にしただけなのに、と情けなくなる。歯を食いしばって必死にこらえた。

三条は黙って譲の背中に腕を回すと、歩き始める。促されるまま歩を進めると、駐車場の端、湖とは反対側に並んだ銀杏《いちょう》の木の下まで連れて行かれた。

車もほとんど止まっていない木の陰で、ちらりと周囲を見回すと、人の姿はほとんど見えない。さっきいた場所でも周囲に人が多かったわけではないが、誰もいないわけでもない。人がいない場所を選んでくれた三条の気遣いが知れた。

三条は、譲の背中をあやすように二、三度軽く叩《たた》く。また子供扱いだと思ったが、今はほっとした。

「うん」

小さく頷いたのは、さっきの譲の言葉に対する返事なのだろう。続きをそっと促されている気がした。

「元はといえば僕が悪いんですけど……母親からの信頼をなくすようなことをしてしまって、

それからずっと、ギクシャクしてるっていうか、うまく話すことができなくて……正直、怖いんです、母親の顔を見るのが。家の空気は最悪で……もしかしたら僕が勝手にそう思ってただけなのかもしれないんですけど。…結局耐えられなくて、高校からは祖父の家に住まわせてもらって、距離をとって。でも今日、両親がうちに来るって聞いて、本当なら家にいたほうがいいのはわかってたんですけど…」

会いたくなかった、と言葉にするのはあまりに露骨で、けれど胸の内で思うだけでも罪悪感が込み上げた。

一旦《いったん》口を開くと、あとからあとから溢れ出す。誰かに聞いてほしいと思ったことはないのに、吐き出すごとに、体が軽くなるような気がした。誰にも知らせず抱えてきた思いがこんなに重荷だったんだと、今さら知った。

こんなふうに気持ちをさらけ出せたのは、三条のおかげでもあったと思う。

三条は、譲の背中に手を当てたまま、譲がつっかえながら話す合間に「うん」と小さく頷く。受け入れられている安心感が、譲の言葉を促した。

言葉尻を濁したまま、譲は深く息をつく。声にならないため息が、微かに震えた。

三条は、そんな譲の背中を、また叩く。今度は少し強めの力で、まるで励まされているようだった。

「譲君、真面目だな。あんまり思い詰めないように。会いたくなかったら、会わなくていいんだよ。親とうまくいかない時期はどうしたってあるし、時間が経てばそれなりの距離感も摑めるんじゃないかな。今は無理しなくていいと思うよ」

——その言葉を聞いた瞬間、それまで三条に対して一度も感じたことのない苛立ちが噴き上げる。

三条の口調は軽いもので、言葉を選びながら伝えた自分の悩みをポンと突き返されたように感じた。傷つくような言い様ではないとわかっていても、その言葉は譲の胸をざっくりと切りつける。

親に対する複雑な思いを、反抗期の一種と思われたのだろう。それは違うと言いたかったけれど、これ以上詳しく理由を説明したくはなかった。

三条は、譲の行動を肯定してくれているし、こんなふうに明るく言うのもたぶん深刻になりすぎないようにと気を遣ってくれたのだろう。

小さく息をついて、いつのまにか握っていた拳《こぶし》の力を抜く。大丈夫。これぐらいのことで傷つくほうがおかしい。譲は、三条に笑みを返した。

「そうですね。すいません、突然変なこと言って」

「変なことじゃないよ」

三条は、譲の頭をポンポンと撫でた。

「あんまり頑張らないほうがいい。会わなくたって親は親なんだから、顔を見たくなけりゃ見なくていいんだよ。今日は俺と遊んでおこう」

にこりと笑って告げる三条の口調は、優しい。弱ったところを見せたせいだろう、三条が気遣ってくれているのが伝わってくる。

その優しさが嬉しい。慰めてくれる。いたわってくれている。たとえそれが、遅い反抗期に自分で自分をもてあましている子供を甘やかすものであったとしても、ありがたかった。

――そう捉《とら》えたほうがいい。何度も胸中で言い聞かせながら、譲は笑顔で頷いた。

浮き上がった感情に、もう一度重石を乗せる。今度は容易く持ち上げられないよう、さらに深く胸の底までぐっと押し込んだ。

三条の反応に、傷ついたとは思いたくない。それでもどうしようもないやるせなさを感じるのもまた事実だった。


予報では雨は夕方からだと言っていたけれどそれより早く、昼過ぎにはポツポツと雨粒が落ちてくる。厚い灰色雲に覆われた空に、雨が上がる気配はなかった。

――駐車場での打ち明け話のあと湖へ行ってみると、ちょうど遊覧船の出航時間で、あまりのタイミングのよさにそのまま乗船してしまった。湖に来るのはこれで三度目だが、実は遊覧船に乗ったことがなかった譲ははしゃいであちこち見て回る。三条はそんな譲に苦笑いを浮かべながらも、乗り合わせた他の客に携帯で譲と二人並んだ写真を撮ってもらったりしていたので、お互いに楽しんでいたようにも思う。

譲は、駐車場での話の後、今日はとにかく明るく過ごそうと決めていた。ポロッと漏らしてしまった愚痴なんてたいした問題ではないのだと三条に思ってほしかったし、弱音を吐いてしまったことへの羞恥を忘れるために、これまでにないほどよく喋り、よく笑った。

昼食は、湖のそばにある古びた食堂でヒメマス定食を食べた。そのあとは渓流散策に行く予定だったのだが、雨が降り出してきた。

空を見上げながら、残念だけど帰ろうとため息混じりに告げた三条に、譲はがっかりした表情を隠せなかった。

ずいがんさまで会ってから、譲にとって三条はドラマで見るような完璧《かんぺき》な大人の男そのものといった存在で、どんなに会話がはずんでも完全には緊張をほどくことができなかった。けれど今日の…というか駐車場での会話以降の譲にはそんな緊張感に構っていられる余裕はなくなっていて、それがかえってよかったのかもしれない。どんどん会話を重ねるうち、三条との距離がぐっと縮まったような気がしていたから、このまま帰るのがなんだかもったいなく思えた。

それでも、この状況では渓流散策などとてもできそうにない。仕方なく帰路につくことになったのだが、車の中での会話は、朝に比べてとてもスムーズなものになっていた。

さっきの湖で食べたニジマスがおいしかったという話から、地元では当たり前に食べられているが、味つけが違ったり珍しい食材を使っている料理の話題になった。

食べ物の話をしていると、特別腹が減っているわけではないが、何か食べたくなってくる。帰り道の途中に道の駅があることを思い出した。これまでにも祖父と何度か訪れたことがある場所で、レストランもあるのだが、小さな食堂の蕎麦《そば》がおいしい。三条にも食べてみてほしい、とふと思った。

食事を終えたばかりでどうだろうとは思ったが、その食堂の蕎麦は量が多いわけではないので食べきれるだろうし、湖での滞在時間が短かったので、時間には余裕がある。一応提案してみると、三条はすぐ頷いてくれた。

「蕎麦を食べるの、久しぶりだな」

「おいしいですよ。蕎麦粉も県内で栽培されたものだとかで、麺《めん》の色が薄くて、味もちょっと他とは違う感じがするんです」

「そうなんだ？　楽しみだ」

譲の説明に、三条は嬉しそうに笑った。

今向かっている道の駅は、家からなら車で三十分ほどの場所にある。地域の特産物や野菜、果物の販売はもちろん、子供たちが遊べる公園、地元産の食材を使った食事処があり、市場も開かれる土日には人出も多い。

けれど今日は、天気の悪さに加え平日でもある。駐車場に到着すると車の数は少なく、人もまばらだった。

「空《す》いてるね」

「いつもはもう少し混んでるんですけど…」

寂れた場所に連れてきてしまったような気がして、申し訳なくなったが、三条は笑顔でそれを打ち消した。

「そのほうがゆっくりできるだろう？　天気が悪いとこういうラッキーもあるね」

車を降りると、湖を出発したときより雨の勢いは増していた。できるだけ濡れないよう、店の軒先まで駆け足で急ぐ。

軽く雨粒を払ってから目当ての食堂に入る。客は他にいなかった。入り口のすぐ脇にある食券の自動券売機に千円札を入れて、手早くボタンを押す。譲がここで食べるメニューは、海老《えび》天をトッピングしたかけ蕎麦と決まっていた。

「三条さん、何にしますか？」

「…譲君、決めるの早いね」

「僕、ここではいつもこれなんです」

「そうなんだ？　じゃあ、同じのにしようかな。…あ、トッピングに卵も追加して」

「わかりました」

はずんだ三条の声が幼く聞こえて、笑ってしまいそうになる。車の中で、ここの蕎麦のおいしさを力説したからだろうか。口調に期待がにじんでいる。がっかりしませんように、と譲はボタンを押した。

「で、これをカウンターに出して…」

「二人前で千円かからないの？　安いなあ」

感心したように言いながら、三条は財布を取り出そうとする。

「ここは僕が出します。ずっとご馳走《ちそう》になってるから、ここぐらいは出させてください」

そうなのだ。昨日も今日も、譲は財布から一円も取り出していない。自分の分ぐらいは払いますと言っても、いいからいいからと三条が支払ってしまうのだ。一つ一つは大きな金額ではないが、合計すればそれなりの額になる。年齢差からすれば奢ってもらうのは珍しいことではないのかもしれないけれど、譲だって金がないわけじゃないし、一度ぐらいはお返しをしたかった。ここの食堂の会計程度でチャラになるわけではないが、かなり楽な気持ちにはなれる。

「じゃあご馳走になるよ」

譲の口調に強い意思を感じたのだろう、三条は柔らかな口調で告げる。

受け入れてもらえたことにほっとして、けれどなんだか気恥ずかしくなった。とりあえず券売機から食券とお釣りを取り出すと、三条に背を向け歩き出す。

カウンターに食券を出して、数字が印字された引き換え札を受け取る。セルフサービスの水を入れてから、窓際の席に向かい合わせで座った。

向かいから三条が譲をじっと見つめている気配を感じるが、目を合わせられない。気を悪くしていなければいいが…。

「ありがとう、譲君」

優しい声に誘われて、顔を上げてしまう。三条は、頬杖をついた格好で、譲を真っすぐ見つめていた。視線から伝わる感情はとても温かなもので、胸の鼓動が速くなる。

「ご馳走ってほどの額じゃないです。安いんです。でも、おいしいですから」

急かされるように口調が早くなる。自分の胸の内を悟られたくなかった。

「うん。楽しみだ」

そんな譲の焦りも知らず、にっこり笑う三条が可愛らしい。

…可愛いなんて、失礼か。でも本当にそうなのだから、仕方がない。胸がギュッと締めつけられる。頬が熱くなる。

駄目だ。早く落ち着かなくては。三条に気づかれないよう、小さく息をついた。

「普段、ここはよく来るの？」

話題が変わったことに、ほっとする。

「しょっちゅうではないですけど、ここ、野菜も売ってて、安くて新鮮なんで、時々じいちゃんと来ます」

「スーパーで買うより安い？」

「ものによりますけど、今の時期だと山菜とかはかなり安いですね」

「お、詳しい。こういうところって観光客相手に商売してるのかと思ったけど、地元の人もけっこう利用してるんだね」

「そうですね。観光バスもたまに見ますけど、車はほとんど、県内ナンバーです」

「いいね、それ」

「え？」

「他では有名じゃないけど、地元の人はよく知ってるって」

「…そうですか？」

いまいちよくわからない。観光で人を呼べるほどたいしたものじゃないから、有名になれないだけのことだと思うのだけれど。そんな場所なら、日本中にたぶんたくさんあるだろう。道の駅も珍しいものではないだろうし。

「せっかく旅行に来て、誰でも知ってる場所ばかり見て回るのも味気ないだろう？　……もちろんそれはそれで楽しいけど」

最後言い足したのは、譲に対する気遣いなのだろう。昨日も今日も、訪れたのは全国的に有名な場所だ。そこを味気ないと言われては、さすがに少し悲しい。

「違うんだよ、譲君。昨日も今日も俺は本当に楽しかったし、つまらないなんて思ってないから。ただこういう、いかにも観光地っぽくないところもいいなと思っただけで…」

焦ったような三条の口調に、思わず吹き出してしまう。必死な物言いがおかしかった。

三条の言いたいことは、わかったような気がする。そうか。誰でも知っているような場所じゃなくても、三条は喜んでくれたのか。

一昨日《おととい》の夜、三条とどこに行こうかいろいろな場所を候補にしていたけれど、土壇場で誰もが知っている観光地に変更してしまったのは、譲自身の引け目のせいだ。どこにでもあるのかもしれない場所に連れて行って、がっかりさせるのが怖かった。でも、そんな場所でも喜んでもらえたのかもしれない。

「大丈夫です。怒ってないです。あの…僕、明日仕事が休みなんですけど、近場で、あの、そんなすごい場所じゃないかもしれないんですけど、よさそうな場所がいくつかあって、もしよかったら、行ってみますか？」

言葉にしてみると、やっぱり自信なさげな口調になってしまった。けれど三条は、譲の申し出に嬉しそうに顔をほころばせる。

「本当に？　嬉しいよ。楽しみだ」

そんなふうに喜んでもらえると、こちらまで嬉しくなる。…だけど、本当に乗り気なのだろうか。もし、ただの社交辞令だったら…。

譲は慌てて思考を断ち切った。駄目だ。なんでこんなふうにばかり考えてしまうのか。もっと前向きにならなければ。三条はきっと、本当にそう思うから言ってくれているのだ。

そのとき、カウンターから「三番のお客様ー」と声がした。譲の番号だ。僕のですと三条に声をかけ立ち上がる。

カウンターに番号札を差し出して、蕎麦が乗ったお盆を受け取り、割り箸《ばし》を取る。すぐ脇には、セルフサービスのねぎや天かす、薬味を置いた台があった。

自分好みでそれらを蕎麦に入れながら、深呼吸する。落ち着け落ち着けと、頭の中で繰り返した。

容易く浮き沈みする感情は、自分でもどうにもならない。手に負えない感覚は、けれど不快なものではけしてなく、ふわふわとまるで夢の中にいるような心地にさせる。

この感覚は、覚えがあるものだった。…こんなふうになるのはよくない。ふと過去の記憶が頭を過って、背中がひやりとする。——駄目だ。今は思い出したくない。譲は慌ててそれらを振り払う。

そのとき、店内に家族連れが入ってきた。小さな男の子二人と両親という組み合わせは、譲の家と同じ家族構成だ。何を頼もうかと券売機の前で楽しそうにしている家族の姿は、はたから見れば微笑《ほほえ》ましいものだろう。

——なのに譲にとってその風景は、戒めのように見えた。許されないことを夢見るな、と警告されているようだ。心臓が痛い。苦しい。

早く席に戻ろう。お盆を手に持ち席に戻ろうと振り返ると、三条の姿が目に入る。

頬杖をついた姿勢はそのままに、その視線は入り口あたり、券売機の前にいる家族連れに向けられていた。

踏み出そうとしていた足が止まる。

子供特有の甲高い声が騒がしくて迷惑なのか、楽しげな光景が微笑ましいのか、それとも他の客が入ってきたことにたまたま目を向けただけだったのか、そのどれかだったなら、たいして不思議にも思わずそのまま席に戻っていたと思う。けれど三条が浮かべている表情は、そのどれとも違うような気がした。

家族連れを真っすぐ見つめる表情はどう表現すればいいのか…呆然としているようにも、心がどこかに飛んでいってしまっているようにも、緊張しているようにも見える。気持ちを読み取れるような感情は何一つ浮かんでいなくて、それが譲を戸惑わせた。

…あの家族の誰かと知り合いなのだろうか。三条がこの地に来たのは、今回の旅行が初めてだと言っていたから、それはありえなさそうなのだが…。

もしかして、と思いつく。

三条は、つい最近離婚したと言っていた。三条は離婚理由を話さなかったし、譲も聞いてはいない。もしかしたら、そのことを思い出しているのだろうか。家族連れに目を奪われるということは、子供もいたのかもしれない。もし同じ年頃の子供がいたとしたら…。

「四番のお客様ー」

店員の声に、三条が我に返ったように身じろぐ。そのとき譲と目が合って、三条は一瞬、気まずそうに顔をしかめた。けれどそれはほんの一瞬で、すぐに笑みを浮かべる。いつも見ている柔らかな笑顔だった。

三条は立ち上がり、こちらに向かってくる。

「うまそうだ。あれ、自分で入れるの？」

カウンターの前に置かれている薬味などが乗った台を指す。

「はい。セルフサービスです」

「いいね。天かす、たっぷり入れよう」

ポンと譲の肩を叩き、三条はカウンターに歩いていく。

その調子からは、先程の違和感は少しも感じない。それでもだからこそ、ついさっき見たいくつかの表情が焼きついていた。

いつも笑って優しくて頼り甲斐があって、理想の大人のように思っていたけれど、案外子供っぽいところもある。出会ってから今までの三条を見てきて、そんなふうにいろいろ知ったつもりでいたけれど、本当にわかっていることなんて少しもないのかもしれない。

摑みどころのない不安が、湧き上がる。

一昨日、昨日、今日。三条と出会ってから、まだ三日しか経っていないことに、今唐突に気づかされる。

来月には、新しい仕事が始まると言っていた。今日はもう二十九日で、明日帰ると言われてもおかしくない。

この時間が終わるのか。昨日の動揺が、また一気によみがえる。別れの実感が伴った途端、息が苦しくなった。喉の奥が熱くなり、息が詰まる。それは泣く寸前の感覚によく似ていた。

席に戻った三条は、うまいうまいとあっというまに蕎麦を平らげた。譲もおいしいですねと笑顔で食べつつ、どんな味をしていたのかあまり覚えていない。たぶんいつもと同じようにおいしかったのだろうけれど、何も感じなかった。

三条の様子におかしいところなど、少しもなかった。

あの家族連れのほうへ三条が視線を巡らすことはそれ以降一度もなかったし、話題にもしない。特別口数が増えるわけでもなく、沈黙を続けるわけでもなく、他愛もない話題でさりげなく間を埋めていく口調は自然なもので、相変わらずの気遣いに満ちていた。

これまでの譲なら、与えられる心地よさを感謝しながら受け取っていただろうが、あんな表情を見てしまった後ではそれも難しい。けれど、わけを問う勇気はどうしても湧いてこなかった。

三条はたぶん、譲が三条の様子を窺《うかが》っていることに気づいていただろう。その上でごまかそうとするよりなかったことにしようというのなら、それが三条の答えなのだ。

思い出しただけで涙が出てくるような記憶は誰の中にもきっとあって、それとどう折り合っていくかは人それぞれのやり方があるのだろう。けれど、普段は胸の底のまた底に隠しているそれを、揺り起こす出来事や言葉に出会ってしまうことがある。

譲自身のことでいえば、今日の駐車場での三条とのやり取りがそうだった。打ち明けるつもりなど微塵《みじん》もなかったはずなのに、なんでか夕ガが緩んでしまって、母との確執の一端をぽろりと吐露してしまった。三条の反応に、自分の言葉を後悔したし、ただの反抗期のような扱いをされて傷ついていないといえば嘘になる。

それでもそれは、仕方のないことだ。三条にすべてを話したわけではないし、話したいとも思わない。だからあの後、明るく振る舞った。楽しくしようと強く思っていれば、本当に楽しくなってくる。そうすることで、ついた傷をなかったことにしてしまいたかった。

三条にも、そんな記憶があるのだろう。だから、何もなかったような素振りで譲に接した。ならばそれがどういうものかを聞き出そうとするのは、あまりに無神経な気がした。

どうせ、すぐにこんな日々は終わる。

ついさっき、そう思ったときは苦しくなった。けれど今、諦《あきら》めの境地で繰り返すと、慰めの言葉に変わる。

三条の生活の場所はここではないところにあって、今はたまたま一緒にいるだけのことなのだ。互いが互いの事情を打ち明けられるほど、濃密な付き合いではない。だから、一緒にいる間は当たり障りなく、楽しいことだけをして過ごせばいい。

譲は自分で自分にそう言い聞かせながら、気持ちを必死で引き上げる。胸がどんなに痛んでも、知らないふりをすることには慣れていた。


食堂を出ると、外の雨はさらに強くなっていた。路面を叩く雨音が、いやに大きく心臓に響く。

六月に入れば、もうすぐ梅雨だ。当たり前の季節の流れが、今は重苦しく感じる。

軒先からぼんやり空を眺める譲に、三条が声をかけてきた。

「疲れた？」

短い問いに、顔を三条のほうへ向ける。

「…え？　大丈夫です」

内心の落ち込みを悟られたくなくて、譲は笑顔を作って、明るく返す。

「そう？　ちょっと疲れて見える」

そう言って三条は、譲の額に手のひらで触れた。

触れられた部分から伝わる体温と手のひらの感触に、一瞬で鼓動が跳ね上がる。何か言わなければと思ったけれど、声が出ない。驚きをあらわに、三条を見上げた。

「ん？　熱でもあるんじゃないかと思って。今日は寒いし、雨に濡れたし」

三条は譲の視線に答えながら、心配そうに眉を寄せていた。

「本当に大丈夫です」

そう言いながら、触れられる心地よさを振り払うことができない。

どうしよう。駄目だ。そうなってはいけないと思っていたのに、どうしたって心はひとりでに突っ走る。

何か言おうとして、けれど何を言い出すのか自分でもわからないまま、勝手に言葉を紡ごうとする唇を開いたとき――

「譲？」

突然聞こえてきた声に、半開きのまま唇が固まった。聞き覚えのある声は、普段より半音上がっている。名を呼ばれているだけなのに、問い質《ただ》すような厳しい声音に、ビクリと体が震えた。

声は、駐車場のほうから聞こえてきた。人違いならいいのにと思いながら視線を向ける。

そこには予想どおりの姿があった。

母さん。小さな呟きは、声にならず震える。

目が合った瞬間、互いに硬直した。手に持っていた傘が地面に落ちるのが見えたが、そんなことにはかまわず、相手は突進してくるような勢いでこちらに近づいてきた。

「何してるの？　こんなところで、家にもいないで、何してるのっ⁉　仕事じゃなかったの？　今まで何してたの？　何をしてるのよっ！」

譲の左の二の腕あたりをきつく摑んで揺さぶる母親の表情は、何かに追い詰められているように鬼気迫るものだった。

きつく摑まれている腕が痛い。けれどその痛みより、驚きのほうが上回っていた。なんでこんなところにいるんだ？　譲は思いもよらない出来事に、ただ呆然としていた。

「母さんっ！」

遅れてやってきたのは父親で、ますます混乱に拍車がかかる。どうしてこんなところにいるんだ？　まさかあとをつけられていたとか…。そんなことはありえない。祖父にだってどこに行くかまで知らせていないし、ましてやここに来たのだって、予定していたことではないのだ。

父親は母親の肩を摑み譲から引き離そうとするが、母親は摑んだ譲の腕に爪《つめ》を立て、ますます力を込めてけして離そうとはしなかった。傘を叩く雨音より甲高い声は耳にキンキン響いて、まるでガラスを爪で引っかいたような不快感が込み上げてくるが、苛立ちをあらわに早口でまくしたてる母親への恐怖に、足が竦《すく》んで動かない。

「説明しなさいっ！　おじいちゃんは知ってるの？　この人は誰？　どういう関係なの？　いったい、どこに行ってたのよっ⁉」

母親は譲を睨む目つきそのままに、三条へと視線を移す。

「あなた、どちらの方？　お名前は？　この子はまだ未成年なんですよ？　いい年をした大人がこんな子供相手に、何してるんですか？」

　矢継ぎ早に質問を投げかける口調は居丈高で、切りつけるように鋭い。

　三条は今の状況についていけないのだろう、困ったような驚いたような表情で母親を見返している。

　そんな三条の表情を見て、ようやく呪縛《じゅばく》が解けた。掴まれていた腕に力を込めて、振り払う。

　その仕草が、想像していたより乱暴なものになってしまって、自分で自分に驚く。罪悪感が急速に膨らんでいくが、とにかく三条に迷惑をかけたくなかった。譲は震えそうになる指先を握って力を込めた。

「…失礼なこと、言わないでくれよ。何してるって、ここには蕎麦を食いに来ただけで、別に責められなきゃいけないことは何も…」

　強く言うべきだとわかっていても、出る声は弱々しく、視線すら合わせられない。

　おどおどしているようにさえ見える譲の様子に何を思ったのか、母親の口調はいっそう激しさを増す。

「そんな言い訳、信じられるわけがないでしょうっ。仕事だなんて嘘までついて、後ろめたいことがあるからそんなことするんでしょうがっ！　あんた、まだ治ってないの⁉　男を好きだなんて気持ち悪い。いいかげんに目を覚ましなさいっ！」

振り払った母親の指が、また同じ場所を摑む。吐き捨てるような口調は、嫌悪に満ちているものだった。

仕事だなんてそんな嘘をついた覚えはない。けれどそんな疑問は一瞬で吹き飛んだ。母親が投げつけた言葉の意味を理解した途端、心臓を大砲で打ち砕かれたような気がした。目眩《めまい》がする。足の力が抜けそうになる。三条の驚きが、顔を見なくても横から伝わってきた。それでも、表情を確認することは到底できそうもなかった。

どうしてばかりが頭の中に渦巻く。どうしてこんなところで。どうしてこんなことを。どうして三条の前で。答えなんてひとつも浮かばない。けれど、一番知られたくなかったことが一番知られたくなかった人にばれてしまったことだけはわかった。

「帰るわよ！　ほら、来なさい」

母親は摑んだ腕を強く引き、譲を三条から引き離そうとする。

抵抗する気力もなくて、よろけるように足を一歩踏み出した途端、反対側の腕を摑まれた。

「ちょっと待ってください」

「何するんですかっ！　うちの子に触らないでっ！」

三条の手を振り払おうと、母親は空いた片手で三条の胸を突く。

その瞬間、考える間もなく、体が動いた。摑まれていた腕を振り払い、何をしようとしているのか自分でもわからないまま、右腕を振りかざした。

「譲君っ」

「ゆずっ！」

三条と父親の声が、重なった。後ろから伸びてきた手に右の手首を掴まれる。そのまま背中を何かに覆われた。

目の前では父親が母親の肩に手をおいて、譲から引き離していた。こわばった表情で譲を見つめる母親の視線に、はっと我に返る。

自分が今、何をしようとしていたのか自覚して、愕然《がくぜん》とした。今まで誰かに暴力をふるった経験はない。まして女性を、母親を殴ろうなんて、考えたこともなかった。

雨音をかき消すように、心臓の鼓動が脳まで響いて頭が痛む。体が震える。気持ちが悪くなってきた。自分は本当に母親を殴ろうとしていたのだろうか。ただ、母親に掴まれた腕が気持ち悪かった。そこから遠ざかりたかった。耳に入った声が煩わしくて仕方なかった。

「……大丈夫」

耳元で、囁《ささや》くような低い声がする。譲にしか聞こえないような小さな声音は、いたわりに満ちていた。

止めてくれたのは、三条だったのか。位置関係からすればそれぐらいすぐにわかりそうなものだったが、今ようやく気づいた。

譲の手首を摑んでいる三条の手が、振りかざしていた譲の腕をゆっくりと下ろさせる。こわばっていた肩の力が抜けて、思わず小さく息をついた。張り詰めていた神経が緩んだ途端、視界がにじむ。みっともない。こんないざこざに巻き込んでしまった罪悪感と羞恥に、振り返って謝ることもできない。泣いたらますます自分が惨《みじ》めになる。譲は涙腺《るいせん》が開かないよう、俯きながら何度も瞬きを繰り返し必死でこらえた。

三条が、譲の横にすっと立つ気配がする。どうしたのかと顔を上げるのと同時に、三条は深々と頭を下げた。

「すいません、自己紹介が遅れました。三条博幸と申します。三日ほど前からこちらに旅行に来てまして、神社に水汲みをしに来ていた譲君と偶然会いました。昨日、今日といろいろ観光案内をしてもらって、とてもお世話になってます。ご心配をおかけしたようで、申し訳ありませんでした」

三条の口からよどみなく繰り出されたのは、謝罪の言葉だった。淡々としながらも誠実さが伝わる真摯な言葉に、思わず聞き入ってしまう。

だから、その言葉の内容を頭で理解するのが遅れた。三条が謝らなければならない理由なんて、ない。譲は慌てて、三条の腕を摑んだ。

「そんな…三条さんは何も悪くないんです。謝らないでください。謝らなきゃならないようなこと、何も…」

三条は譲の言葉を優しく遮り、まるで子供を安心させるように譲の手の甲をぽんぽんと叩いた。

「自分の子供が見ず知らずのおじさんといたら、そりゃご両親は心配するよ。——本当に、申し訳ありませんでした」

三条は、両親のほうへ向き直り、もう一度頭を下げる。

心配性な親を宥《なだ》めるための謝罪だと、三条は言外に告げていた。譲が触れてほしくない部分を上手に避ける三条の気遣いに感謝しながらも、やるせなさが込み上げる。

旅先で偶然出会って、観光案内をしてくれた地元の子。東京に戻って仕事をして、日常生活を送りながら、不意に旅の記憶が蘇ったとき、今も元気にやっているだろうか、と思い出す。

三条には譲を、そんなふうに思っていてほしかった。

それなら譲が、内心でどんな感情を三条に対して抱いていたとしても、三条に迷惑はかからない。誰にも打ち明けることのない想《おも》いなら、誰の中にも痕跡《こんせき》は残らない。三条をどう思っているかなんて答えは容易く見つかるけれど、気づきそうになるたび、それ以上考えないようにしてきた。

互いのためにも、この感情には名前をつけないほうがいい。楽しかった記憶が残れば、それで十分満足できる。

——そんな恋なら、許されると思っていた。

三条は、大人の気遣いで譲を守ってくれる。けれどその優しさは、譲の胸の内にひそかに隠していた恋をなかったことにするものでもあった。

そんなふうに思うのは理不尽だ。譲自身、恋をなかったことにしていたくせに、何も知らない三条を責めるのは間違っている。わかっていても、心は勝手に傷ついて、悲しみが押し寄せる。

望んでいない現実ばかりが、目の前に突きつけられているような気がした。

母親は、苛立ちをあらわに両手でテーブルをバンと叩いた。

「どうしてちゃんと見ててくれなかったの、お父さん。あたしたちが来るってわかってたくせに仕事だなんて嘘までついて。なんで止めなかったのよっ！」

母親の金切り声が、テレビの音をかき消してキンキン響く。

祖父の家に入った途端、母親はずっとこんな調子で、祖父を責めていた。父親がとりなしても、まったく効き目がない。

——三条の謝罪のあと、こんなところでする話じゃないだろうとようやく父親が割って入り母親を宥めた結果、それ以上三条に矛先が向くことはなかった。

三条の礼儀正しさに母親は毒気を抜かれたようだったし、父親はおとなしくなった母親を背に隠し、三条と頭を下げ合った。

不幸中の幸いだったのは、周囲に人がいなかったことだ。そんなことに気を回す余裕なんてなかったけれど、食堂の中にいた家族連れが出てきたのを見たとき、背筋が震えた。もし、もう少し早く出てきていたら…。嫌な想像はすぐに打ち消し、ほっと息をついた。

とりあえず譲は三条と別れ、両親と帰ることにした。これ以上、三条に迷惑をかけるわけにはいかないと、譲から言い出したことだった。

心配そうな表情を浮かべる三条に、安心させようと譲は笑ってみせた。たぶん八の字になったままの眉《まゆ》は戻っていなかっただろうけれど、それでも譲君がそう言うならと納得してくれた。

父親が道の駅で買い物があるというので、出発は三条が先になる。帰り道はわかりやすいものだったので譲がざっと説明すると、すぐに理解してくれた。

「じゃあ、また」

三条は別れ際、そう言いながら何もなかったように笑ってくれた。いつも見ている柔らかな笑みだった。

こんなときまで気遣ってくれる。さっきも守ろうとしてくれた。それだけで十分、報われている気がした。見送ったあと、これでもう会えないのかと思ったら胸が痛くなったけれど、そのほうがいいとも思った。これ以上、自分の問題を三条に知られたくない。巻き込みたくもなかった。

買い物を済ませた後、父親が運転する車に乗り、家路につく。車内の会話は、専ら父親と譲の間で交わされた。

午前中から行われていたテニスの大会は、途中から雨が降り出し中止になったそうだ。要は一ゲームも落とすことなく勝ち進んでいたらしい。けれど見ている父親には満足できないできだったらしく、細かな修正点を譲に話して聞かせる。そんなことを譲に言っても仕方がないと思うが、黙り込めば車内に漂う空気は気まずいものになってしまうので、相槌を打ちながら会話を続けた。

父親も譲も、できるだけ明るく話すよう努めていた。母親は会話には加わらなかったが、さっきの口論を蒸し返すことはなかった。

これでなんとかやり過ごせるかと内心ほっとしていたのだが、事態はここで終わってはくれなかった。譲を祖父の家まで送り届けるだけかと思ったら、祖父の顔を見た途端、母親が一度は鎮火したように見えた怒りをまた爆発させた。

広くはない居間の中、テーブルを挟んで両親と祖父が向かい合い、祖父の斜め後ろに譲が膝を抱える。両親に、というか母親に視線を向けることはできなかった。

母親は甲高い声で祖父を責め続けている。いいかげん祖父も疲れているのか、うんざりしているような表情を隠さない。

「そんなでけえ声出さなくても聞こえてる。別にゆずが嘘ついたわけじゃねえよ。俺が勝手に言ったことなんだから…」

「何よ、それ。お父さんがゆずを唆したの？　なんでそんなことしたのよっ！」

「唆したも何も、出掛ける約束のほうが先だから、そっちを優先させただけのことだ」

「優先って…優先するなら、こっちのほうでしょ？　親が離れて暮らしてる子供に会いにくることより、あの男に会うほうが大事だとでも思ってるの？」

「おまえらが来たのだって、たまたま要の試合がこっちのほうであったからってだけだろ。別にお互い病人でもねえんだから、会おうと思えばいつだって会えるだろうが。ゆずが会ってたのはこっちに旅行に来てるって人だよな？」

　祖父は譲に視線をよこす。突然の確認に、自分でもわかるぐらい体がびくついてしまう。譲は小さく頷いた。

「それなら、これから先しょっちゅう会うわけでもなし、一回ぐらい、そっちを優先させたってバチは当たらんだろう」

　けして気の長い人ではないのに、祖父は辛抱強く母親の怒りをほぐそうとしている。けれど母親にとって、祖父の言葉は火に油を注ぐ結果にしかならないようだ。

「そういう問題じゃないでしょっ！　ごまかさないで！　こんな何もないところに来るなんて、それだけでおかしいじゃない。そんな男を優先させる必要なんてないでしょっ！」

「何もねえところだから、いろいろ聞きたかったんだろ。いいじゃねえか、そんなに目くじら立てるほどのことじゃねえぞ？」

「そんな屁理屈《へりくつ》言ってごまかさないで！　親が子供の心配して、何が悪いのよっ！」

心配。その単語に、苛立ちを覚える。心配しているのではなく、疑っているのだ。譲のなすことすべてを、信用していないのだ。

三条をまるで変質者のように扱うことに対しての怒りも胸の内で膨れ上がっているのに、声が出ない。何を言っても理解してもらえないことは、もう知っている。これ以上何かを言って、余計に傷つくのが怖かった。

譲は押し殺した息を、細く吐き出す。ここにいるのが辛かった。誰にも気づかれないようにしていたつもりだったが、一番近くにいた祖父には聞こえていたのかもしれない。

「ゆず、そろそろ仕事だろ？　いいぞ、行っても」

祖父が譲を見て、居間から出て行くよう促す。時間を確かめると、もうすぐ五時半になるところだった。

今日は遠出をした上、いろいろなことがありすぎた。ろくに休めていないし疲れてはいるが、この場にいるよりは働いているほうがずっとましだ。ありがたい申し出に、頷いて立ち上がろうとしたとき——

「まだ話は終わってないでしょっ！」

切りつけるような鋭い声だった。母親の刺すような視線に、固まってしまって動けない。

「おい、仕事なんだから行かせてやればいいだろう」

たまりかねたように、父親が母親を制する。けれど母親は、憎々しさをあらわに父親を睨みつけた。

「あなたもお父さんもそうやってゆずを甘やかして。だからいつまで経っても、この子はこんなふうなままなんじゃないっ！」

心臓を、砂の詰まった革袋で殴られたような気がした。内心で渦巻いていた不満や怒り、怯《おび》えすらも、白くはじけて飛んでいった。何かを感じ取ろうとすることを、心が一切拒絶する。母が何かを言うごと、目に見えない鎖で幾重にも体をがんじがらめにされていくような気がした。

もともと張り詰めていた空気が、よりいっそう緊張感を増す。

「あそこであたしたちと会わなかったら、この子はずっと隠れてあの男と会ってたかもしれないのよっ⁉　そんなに甘やかされたら、ここに預けた意味がないじゃないのっ。きちんと監視してくれるっていう約束でしょっ！」

父親に据えていた視線が、譲に移る。

睨まれた途端、体が動かなくなる。その視線は冷たく、見下すようなものだった。体が重くなる。自分が小さく小さくなっていくような気がした。

「それともあんた、初めからそのつもりでここに来たの？　ここなら親の目もない、好き勝手にできると思って？　母さんがどれだけ心配してきたと思ってるの？　普通にしろって言ってるだけじゃない。なんでそんな簡単なことができないのよっ！　落ち着いてきたと思って安心してたら、あんな男と…」

「いいかげんにしろ！」

祖父が、テーブルをひっくり返すような勢いで母親を制した。

「おまえがそんなだから、ゆずには会わせたくなかったんだ。監視ってなんだそりゃ。んなことされるためにゆずはここに住んでるわけじゃねえっ！　大体、普通ってのはどういうもんなんだ？　男が男を好きだってのは、病気か？　確かにそりゃおかしいことかもしれねえ。俺にも理解はできねえよ。だけどな、ゆずだって好きでそうなるわけじゃねえ。そう生まれついたもんなんだから、仕方ねえだろうっ！　他の誰がわかってやらなくても、なんで親のおめえが理解しようとしねえんだ？　なんであるもんをそのまま受け入れてやるんじゃなく、歪めよう歪めようとばっかりするんだ？　一番辛いのはおまえじゃねえ。ありのままの自分を受け入れてもらえねえゆずだ。なんでそんな簡単なこともわかんねえんだ？」

祖父は顔を真っ赤にしながら、怒鳴り散らす。その目が潤んで見えた。

母親はその勢いに飲まれたかのように、唖然《あぜん》と祖父を見つめる。けれど、糾弾されるうちに怒りを覚えたのか、同じように顔を真っ赤にして祖父を睨みつけた。

「お父さんには親の…母親の気持ちはわからないわよっ！　大学に行けって言っても行かないで、挙句公務員試験にも落ちて、その上、男のくせに男を好きだなんて、この先、どうするのよ？　結婚もできない子供もできない、仕事だってアルバイトでどうするのよ？　大学に行かないなら、ろくなところに就職もできないだろうし。そんな不幸な人生、送らせるわけにいかないじゃないっ！」

「だから、それが間違ってるって言ってるんだっ！　なんでゆずの人生をおまえが決める？　ゆずの不幸も幸せも、ゆずが決めることだ！」

さっき母親がしたように、今度は祖父がテーブルを手のひらでバンと叩きつける。

その迫力に飲まれたように、ようやく母親は口をつぐんだ。

しん、と沈黙が落ちる。物音ひとつ立てられない静寂が、肩に重くのしかかってくるような気がした。

祖父は、大きく息をついた。ぐっと顔をしかめて、荒れる感情を制御するように、三度深呼吸する。

「……よく考えろ。ゆずが何を悪いことをした？　人のもんを盗んだのか？　殺したのか？　家に火でもかけたのか？　そんなことぁ、何もしてねえよな。優しい子だ。俺にとっては自慢の孫だ。幸せになれねえ理由なんか、ひとつも見当たらねえ」

掠れた声は老人特有の野太いものだったけれど、その声音は頑是無い子供のように頑《かたく》ななものだった。

率直な祖父の言葉は、乱暴なものではあったかもしれない。それでも、肩が軽くなる。譲の体に巻きついていた鎖の輪が、緩んだような気さえした。

祖父はテーブルにおいた両手の指を組む。ほんの少し背中を丸め、身を乗り出すように母親、自分の娘に語りかける。

「ゆずは賢い子だ。いい大学だって行けただろう。なのになんでゆずが大学に行かねえで就職を選んだかわかってんのか？ 早く自分の力で生きてくためだ。自分の顔見るたびに気持ち悪いもんを見てるみたいにされるのは辛い、おめえにこれ以上迷惑かけるのは申し訳ねえって。こんな馬鹿な話があるか？」

組み合わせた祖父の指に力がこもり、筋が浮く。

「試験に落ちたのは、よりによって試験の日の朝に俺が倒れたからだ。せっかく一次試験に受かって、先生だってゆずなら大丈夫だって太鼓判押してくれてたのに、台無しにしたのは俺だ。全部、俺が悪い。──悪かったなぁ、ゆず」

「なんでじいちゃんが謝るんだよな。今年も試験受けるんだし、そんなの…」

言葉に詰まる。視界がにじむ。声を出したら緊張感が緩んで、悲しいわけじゃないのに泣きそうになった。

確かに、祖父が倒れたのは公務員二次試験の日の朝だった。救急車を呼んだり病院までつき添ったりでバタバタしていたけれど、試験を受けに行こうと思えば、タクシーでもなんでも使えば間に合った。祖父のそばにいることを選んだのは譲の意思で、祖父のせいではけしてない。何度もそう説明して、納得してくれたと思っていたのに、祖父の口調からにじむ悔恨の情に、譲は言葉をなくす。

「アルバイトの給料なんて微々たるもんだ。いらねえって言うのに、それでも毎月一万、俺によこす。家のことだってよく手伝ってくれる。連れてけって言えばどこにでも連れてく。こんなできた孫、どこ探したっていやしねえよ。男を好きになるぐらい、なんだってんだ」

乱暴な口調で重ねる言葉は、怒っているようにさえ聞こえた。口が悪く、普段滅多に人を褒めることのない祖父なりに告げた最大限の褒め言葉だろうに、まるでブツブツ文句を言っているように聞こえた。

それがおかしくて、こんなときだというのに思わず吹き出してしまった。頬が緩んだ途端、気も緩む。一気に涙が溢れてきた。

「…うぉっ、なんだ、ゆず。何泣いてんだ。馬鹿か、おめえ。とっとと顔洗って、仕事行け」

照れ隠しなのか本当に驚いているのか、祖父は目を見開いて譲を見ると、追い立てるように早口で告げた。

なんて言い草だと、また笑ってしまいそうになったが、うまく笑えない。

何を言われても、どんなに辛くても、涙はこらえるものだと思ってきた。そうやって散々我慢してきたせいか、一旦堰《せき》を切った涙を止める方法がわからない。

世間体を考えれば、母親の心配をヒステリーだと片づけることはできない。だけど、好きなんだ。三条の顔が脳裏に浮かぶ。そうなりたいわけじゃなかったのに、心は勝手に走り出して、止まらなかった。優しくされて、嬉しかった。すぐにいなくなる人だとわかっていても、わかっているからこそ、せめて今だけでもと願った。

三条に出会ってから、共に過ごした時間が蘇る。

大切な恋だった。自覚しないまま終わらせる恋だったはずなのに。

このあと仕事だというのに、何をしてるんだ。頭の中では冷静な自分がそう忠告しても、あとからあとから流れ出てくる涙は止めようがなかった。


昨日の雨はすっかり上がり、柔らかな日差しが窓から差し込む。空の青はいつのまにか濃さを増し、夏へ向かう速度をゆっくりと上げていく。

譲は畳に寝転んだまま、雲の流れをぼんやりと見つめていた。

——昨日の話し合いは結局、譲が泣き出してしまったことでうやむやのまま終わることになった。泣き腫《は》らした顔ですぐ仕事に出掛けることなどできなくて、会社に電話をすると、今は忙しい時期ではないせいか、出勤を一時間遅らせてもらえた。

泣いたあとの赤い目は、タオルで冷やしてなんとかごまかせる程度には回復して、いつものように仕事を終えて家に戻ると、両親はもういなかった。

譲がいない間、祖父と両親がどんな話をしていたのかはわからない。祖父は何も言わなかったし、譲も聞こうと思わなかった。何も言わないのは祖父なりの気遣いなのだろう。心配していたことも、譲が帰るのを起きて待っていてくれたことからわかる。

もうそれで十分だ。昨日の話し合いで、何かが劇的に変わることはたぶんないだろう。どんな悩みも諍《いさか》いも、すべてをすっきり解決できるなんてありえない。それでも、何事もなく日常生活を送っていれば、そのうちお互いを受け入れられる日が来るかもしれない。

真面目に仕事をして、誰にも余計な心配をかけず、人目につくような問題を起こさない。

譲は目を閉じ、細く長い息をついた。

今までどおり、祖父と静かに暮らしていけばいいだけだ。なのになぜ、強く思えば思うほど、苦しくなるのか。

脳裏に過る面影は、振り払っても払っても、また現れる。思い出したくなくても焼きついて、消えてはくれなかった。

昨夜は、ベッドに入ってもなかなか寝つけなくて、ほとんど寝ていない。休みの日の朝は普段より遅く起きているのに、結局いつもと同じ時間に起床した。今は午前十時前だが、腹が減らないのでまだ朝食もとっていない。

——そのとき、階下で呼び鈴が鳴った。回覧板だろうか。近所付き合いはほとんど祖父に任せているので、譲は仰向《あおむ》けになったまま動かない。

祖父の声が聞こえる。会話の内容まではわからなかったが、何か話をしているようだ。このあたりに住んでいるのは大抵祖父と年の近い住人ばかりなので、一度話し込むと長い。

譲は目を開け、起き上がる。何もしないでいれば、余計なことを考えてしまう。水汲みにでも…。

立ち上がろうとして、そのまま止まる。…なんでよりによって、ずいがんさまを選ぶのか。駄目だ。他に何か…そうだ、洗車でもしようか。ついでにガソリンも入れてきて…そういえば、昨日も一昨日もガソリン代を渡してなかった。二日連続で遠出をして、給油をしていないわけがないのに、ガソリンスタンドに寄ることがなかったから…。

譲は転がる思考を止めるように、勢いよく立ち上がる。駄目だ。本当に駄目だ。

これまで当たり前にしてきたことすべてが、消し去ろうとしている記憶を呼び起こす種になる。思い出したくないのに、思い至る。いくらでも、思い出せる。

こんなことじゃ、この先やっていけないだろう。譲は自分で自分を叱咤《しった》する。

たまたま会っただけの男だ。三日前まで、知りもしなかった。それまでは当たり前に日々を過ごせていたのに、たった三日で、なぜこんなにも変わるのか。

込み上げる苛立ちはこれまでに経験したことがないもので、どう消化していいのかわからからない。けれど、この感覚とこの先、付き合っていかなければならないことだけは理解できた。痛みをやり過ごして、時が過ぎるのを待てばいい。そうすれば、いつか楽になれる日が来るだろう。何事もなかったように思い出せる日が来るはずだ。

胸の内でいくらそう繰り返しても、少しも楽になれない。どうすればいいのか途方に暮れていると、階下から祖父に呼ばれる。

「ゆずー、ちょっと下りてこい」

行き止まりにしか進めない思考が断ち切られたことにほっとして、譲は部屋を出た。

「何？」

階段を下りながら声をかける。さっき来ていたお客さんはまだいるのだろうか。視線を玄関のほうへ向けてすぐ、足が止まる。階段の最後三段ほどを残して、動けなくなった。

「おはよう、譲君」

そこには、見慣れた柔らかな笑みを浮かべる三条が立っていた。

どうして、とそれしか思い浮かばなかった。どうして三条がここにいるんだ？

「……おはようございます」

返す言葉がなくて、譲は掠れた声で挨拶だけを返す。何か言わなければと思ったけれど、何も思い浮かばなかった。

黙ったまま、数秒見つめ合ってしまう。間の抜けた沈黙を破ったのは、祖父の野太い声だった。

「なーに固まってんだ、おまえら。ゆず、出掛けるんだろ？　さっさと準備してこい」

威勢のいい声で急かした祖父は、譲を見てにやりと笑う。譲をからかうときによく浮かべる少し意地の悪い笑顔だ。

「迎えに来てもらってそんなに嬉しいのか？　ゆず」

「そんなんじゃないよっ！　何、なんだよ、何が…っ」

何を言いたいのか、自分でももうよくわからない。ただ、祖父に冷やかされていることだけはしっかり伝わって、頭にカッと血が上る。

「ゆでだこみてーな顔になってるぞ？」

「うるさいなっ！　じいちゃん、もうあっち行けよ！」

「やーだね」

…憎たらしい。祖父と睨み合っていると、三条が吹き出した。

はっと三条を見ると、手のひらで口元を押さえている。譲の視線に気づいて、三条はごまかすためか笑いをこらえるためか、一つ咳《せき》払いをした。口元から手を外し、真面目な顔をしようとしているのだろうが、唇の端が上がっている。

「……すいません」

「いや、こっちこそごめん」

恥ずかしいところを見られた。思わず謝る譲に、三条は首を横に振りながら謝罪を返すが…やっぱり、笑いたそうだ。声が妙な具合にはずんでいる。

いたたまれなさはまだあるけれど、三条はなんだか楽しそうにしているからまあいいか、と自分で自分を慰めていたのに、また祖父は余計な茶々を入れてくる。

「なんだおめえ、こいつの前ではネコかぶってたのか？」

祖父は相変わらずニヤニヤ楽しそうだ。

初対面の人を「こいつ」呼ばわりするな。そう言いたかったけれど、三条の前でこれ以上祖父と言い合いはしたくなかったし、三条自身、気を悪くした様子は微塵もないので胸の内だけで言い返しながら、せめてギリッと睨みつける。

「……じいちゃん、部屋戻ったら？」

「なんだよ、邪魔者扱いしやがって」

それ以上何も言わないでいると、譲の静かな怒りを察したのか、祖父は「はいはい」と言いながら、居間に戻って行った。

祖父がいなくなって、ようやく気分が落ち着いてきた。初めに浮かんだ疑問がよみがえる。なんで三条がここにいるのだろう。

「約束しただろう？　今日も会おうって」

疑問が顔に浮かんでいたのか、察した三条は柔らかな口調で告げる。

「でも細かいことは決めてなかったから、迎えに来た。よかったよ、一昨日家の前まで送っておいて」

軽く返す三条の言葉に、なんともいえない感覚が込み上げてくる。

——昨日、あんなふうに別れて、今日も会えるだなんてかけらも思えなかった。自分の…性癖というかそういうものを知られて、もう二度と顔を合わせられないと思ったし、三条だって旅行先でわざわざ厄介事に巻き込まれたくないだろうと。

けれど、来てくれた。顔を見た途端、湧き上がったのはまぎれもない喜びで、それでも同じぐらいいたたまれなさも感じた。

言葉をなくして俯く譲に、三条は様子を窺うようにじっと見つめてくる。

「もしかして、何か用事ができた?」

「いえ、特に…あの、来てくれるとは思わなかったから」

「うん、俺、今日、東京に戻るんだ。だから、最後に譲君には会っておきたくて」

三条の言葉に、はっと顔を上げる。

帰るのか。もうすぐいなくなる人だとわかってはいたけれど、心臓が鷲摑《わしづか》みにされるような痛みを感じた。本当に今日でもう会えなくなるのだとわかったら、迷いがすべて吹っ切れる。会いに来てくれたのなら、時間が許す限り一緒にいたい。

「すいません、十分ぐらい待ってもらえますか? あの…準備、何もしてなくて」

パジャマ代わりのスウェット姿では、さすがに恥ずかしい。顔も洗っていないし、歯磨きもしていない。女の子ではないから身支度にあまり時間はかからないが、それぐらいの猶予はほしかった。

「わかった。じゃあ、車で待ってるから」

「はい、すいません」

三条は笑って頷くと、居間のほうへと視線を送る。

「お邪魔しました。お孫さん、お借りしますね」

居間にいる祖父に聞こえるよう、三条は声を張る。

「おう、とっとと持ってけ！」

威勢のいい祖父の返事に、三条は笑って玄関を出て行った。

譲も思わず、肩の力が抜けてしまう。

ついさっきまで、あんなにどんよりと気分が落ち込んでいたのに、空気がさらりと変わったような気がした。

譲は大急ぎで出掛ける準備を始める。

天気のいい日に好きな人が家まで迎えに来てくれて一緒に出掛ける。

この先にある悲しみに目をつぶれば、それはとても幸福なことのように思えた。

結局十分では少し足らず、十五分ほど三条を待たせてしまった。家を出る間際、一応祖父に声をかけたら、相変わらずにやけ顔だったので、何か言われる前にさっさと逃げ出した。外に出ると、昨日の肌寒さとは打って変わって暖かい。まだ半袖《はんそで》には少し早いが、上着はいらないような気温の高さだ。

玄関を出て止まっていた車に向かうと、窓越しに三条と目が合う。ぺこりと頭を下げてから、助手席側のドアを開けた。

「すいません、お待たせしました」

「どういたしまして。かなり急いだ？　歯磨き粉がついてる」

三条は笑顔で譲の口元を指差す。譲は慌てて、指されたあたりを拭った。

昨日の道の駅での出来事なんてなかったかのように、三条はこれまでと同じ態度で接してくれる。だけど内心ではどう思っているのだろう。

ふとそんな疑問が湧き上がってきたが、慌てて振り払う。今そんなことを考えたら、この先ずっと楽しくなんか過ごせない。譲は何か違うことをと話題を探した。そういえば、どこに行くかも何も決めていないことに今さら気づく。

「あの…どこに行くんですか？」

「近場でよさそうな場所があるって言ってただろう？　そこに行こう」

そうだった。昨日の約束を思い出す。覚えていてくれたのか、と嬉しくなった。

「…わかりました」

「じゃあ、出発しようか」

「はい」

返事をするのと同時に、ギュルルルルと譲の腹が大きく鳴った。

「もしかして、朝食、まだ?」

「…すいません」

羞恥が体中を駆け巡り、全身から汗が吹き出る。食欲がなくても朝はしっかり食べるべきだと、今さら後悔してももう遅い。みっともない。いたたまれない気分になって、譲は俯いてしまう。

「いや、謝る必要はないけど…」

三条は一旦そこで言葉を切ったのだが、すぐに声を上げて笑い出す。

「…っ、悪い。いや、いい音すぎて、コントみたいだったから」

顔を真っ赤にしている譲を三条は慰めようとしているのだろうが、笑いをこらえて告げられた言葉はまったく慰めになっていない。

気恥ずかしさはまだ山となって残っているけれど、肩の力が抜けて、気分が軽くなる。開き直りに近い感覚なのだろう。結局譲も一緒になって笑ってしまった。

「何か食べに行くか。このへんで食事をとれるようなところ、あるかな」

三条の言葉に、提案というか計画を一つ思いつく。

「あの、近くにコンビニがあるんで、そこに寄ってもらえますか？」

「コンビニ？　コンビニでいいのか？」

「はい。あの、今から向かう場所って、人も来ないし、原っぱみたいになってて座るスペースもあるから、そこで食事したら気持ちいいと思うんです。晴れてるし。あ、そうだ。それであの、そこに行くには途中までは車で大丈夫なんですけど、道幅が狭くなってるところがあって、歩いてもらわなきゃ駄目になるんですけど、大丈夫ですか？　そんなに距離はないんですけど、もし車で行けたほうがいいなら別の場所にします」

気持ちが急いて、そういえばと思い出したことも重なって、長々と話しているうち、いつのまにか行き先を変更しようとしている自分にはたと気づいて驚いた。

「歩くのもピクニックみたいで楽しそうだ。——じゃあ、コンビニに行きますか」

「はい。あ、場所、わかりますか？」

「うん。あそこの角曲がってすぐだろう」

前方を指差す三条に頷いた。

車が動き出して、今度こそ本当に出発できたことにほっとする。

…予定が決まっていた昨日一昨日とは、なんだか勝手が違う。三条とまた会えるなんて思っていなかったから、調子が狂っているのか。

とりあえず冷静になれと自分で自分に言い聞かせる。譲は窓の外の風景に目をやるふりで、三条に気づかれないよう静かに深呼吸した。

コンビニでは、お茶やおにぎり、サンドイッチにフランクフルト、他にもサラダや唐揚げ、飴《あめ》やガム、チョコレートといったお菓子まで買ってしまった。

次々とカゴに入れていったのは三条で、会計も俺の買い物のほうが多いから、と素早く支払いをされてしまって、結局譲は財布を開かずに済んでしまった。

目的地までは、車で十分、そこから歩いて十五分ほどかかる。

そこは、譲が住む家からさらに上った山の中腹あたりにあるのだが、譲が祖父の家で暮らすようになって、近所を自転車で巡るうちに偶然見つけた場所だった。

緩いカーブが続く道路は、車がようやく擦れ違える程度の道幅しかない。行き交う車がほとんどないとはいえ、路上駐車はできないので、小さな空き地に車を止めた。

買い物袋を手に、車を降りる。譲が住む家より標高が高い場所のせいか、家を出たときより少し気温が下がっているような気がする。

「ここから少し…十五分ぐらい歩くことになるんですけど、大丈夫ですか？」

「いくらおじさんでもそれぐらいは歩けるよ」

「そんな…そういう意味じゃなくて」

歩かせてしまうことが申し訳ないから聞いてみただけだ。言葉に詰まりながら言い訳しようとする譲を見て、三条は吹き出した。

「冗談だから。そんなに慌てないで」

三条は笑みを浮かべて、譲の頭を優しく叩いた。

その表情に、からかわれていたことに気づく。むっとするよりほっとして、髪に残る三条の手のひらの感触にくすぐったい気分になった。

「よし、行こうか」

三条はそう言うと、譲の手にある買い物袋を持とうとする。

「大丈夫です。持てます」

「じゃあ、一つ」

買い物袋は二つある。そのうちペットボトルが入った重いほうを、三条はするりと手に取った。その動作があんまり自然で、思わず手渡してしまう。

…なんだろう。今日の三条は、優しい。気遣いはいつもしてくれるのだが、それとは少し違うような気がした。じゃあどこが違うのかと聞かれれば、うまく言葉にできない。

「譲君、どっち?」

名を呼ばれて、我に帰る。思わず考え込んでしまっていた。慌てて譲は歩き出した。

「こっちです。あの、あそこから中に入るんです」

譲は道路に出て、空き地から少し先にある入り口を指差した。

「……どこ?」

横に並んだ三条が、訝しげに聞き返す。

三条が不思議に思うのも無理はない。譲が指差す先には、電信柱と、一メートルほどの高さの山肌が露出した上に立ち並ぶ木々があるだけだ。

「あの電柱のところから入っていくんです」

え、と三条は驚きをあらわに譲を見つめる。

その反応も尤もだ。譲は説明を重ねる。

「舗装されてるわけじゃないんですけど、一応道はあるんです。獣道っていうとちょっと大《おお》袈裟《げさ》だけど、まあそんな感じの。その道を通れば、迷う心配はないですから」

「……へえ」

まさかこんなところを歩かされるなんて思ってもいなかったのだろう。三条は、譲が指差す先をじっと見つめている。

都会の人にとって、山の中に分け入るなんて滅多にないことだ。怖がっていても無理はない。譲も初めてこの道を見つけたときはたいして奥まで入れなかったし、後ろを何度も振り返りつつ歩いた。今行こうとしている場所は少しずつ距離を伸ばした先に見つけたもので、とても見晴らしがいい。譲自身とても気に入っている場所なので、三条にも見てほしいと思ったのだが…。

「先月来たときはまだ雪が少し残ってて歩きにくかったんですけど、今はもう溶けてるんで歩きやすくなってると思います。……あの、別なところにしますか？」

三条がもし別の場所のほうがいいと言うなら、変更しようと思った。内心の落胆を表に出さないよう軽い調子で告げると、三条は笑顔で首を横に振った。

「なんで？　こういうのも面白そうだ。行ってみよう」

三条はそう言ってポンと譲の背中を叩くと、歩き出す。

案外乗り気な三条に安心しつつ、譲も歩いて行く三条の後ろを、ついていった。

「ここ、上がるんだよな」

「はい」

電信柱の手前で立ち止まる三条に並んで、今度は譲が先に山肌に手をかけ上に登った。三条もそれに続く。

空気が、ひんやりとしたものに変わる。昼間の森は、想像以上に明るい。地面を見れば、雑草が茂る間に地肌をむき出しにした細い道が、まるでそう誂《あつら》えたかのようにずっと先まで続いていた。

「ああ、これだと迷う心配はないな」

三条は地面にできた細い道を見て、感心したように言った。

「はい。こういうのを見つけちゃうと、この先はどうなってるんだろうなって思いませんか？」

「ああ、確かに」

「こういう目印がないと、さすがに山の中に入るのは怖いです」

先に譲が歩いて、後ろを三条がついてくる。会話を交わしながら、歩を進める。

「地元の人でもそうなんだ？」

「地元っていっても、僕は何年かしか住んでないので…でも、そうですね。じいちゃんも山菜採りとかで山に入るときは、一人ではあんまり行かないです。一人で行くときは、どのあたりに行って何時までには帰ってくるってちゃんと言って行きますから。遭難とか、毎年けっこうあるんです」

「そうなんだ？　…ああ、でもそうだね。山とか海とか、俺たちは気軽な気分で行くけど、実際は人間の都合なんてまったく関係ない場所なんだよな。普段、忘れてるだけで」

三条の言葉に、譲は大きく頷いた。

「わかります。自然は怖いって、ここに住むようになってから実感しました。ここを歩いてるときとか、あと、水汲みに行くときもなんですけど、周りをずらっと木に囲まれて、鳥の声とか風で葉っぱが擦れる音だけしか聞こえてこないから、ちょっと心細くなったりするんです。ここで自転車が壊れたり転んで怪我したりしても、誰にも助けてもらえないんだなって思ったら、ひやっとしたりして。でも、こういう自然の中にいると、なんか身が引き締まるっていうか、感覚が研ぎ澄まされていくような気がして、初心に戻るじゃないけど…体の中にある余分なものがなくなっていくっていうか…」

「――リセットされる感じ？」

的確な表現が思いつかなくて言葉に詰まった譲の思いを、三条が短く代弁してくれた。

「そう！　そんな感じです。なんかこう…鬱々《うつうつ》としたものが胸の中にいつのまにか溜まってるんだなって、こういう場所に来るとわかります。ここに来たからってそういうものがなくなるわけじゃないんですけど、気が楽になるから…」

譲ははたと言葉を切る。…何を言ってるんだろう。弱音のような泣き言のような愚痴を聞かせたって、三条を困らせるだけなのに。言わなくていいことまで口にする自分の迂闊《うかつ》さに呆れた。

「わかるよ」

三条は、短く一言小さく呟く。その声音は、譲の足を止めさせた。

思わず振り向いて、その表情を確認する。

三条の顔からは、いつも浮かべている笑みが消えていた。

「すごくよくわかる」

自分の顎を親指と人差し指でつまむように撫でながら、三条はふと視線を地面に移す。目をそらされたというより、何か思うところがあるように見えた。

「……どうかしたんですか？」

何か気に障ることでも言っただろうか。でも、怒っているようには見えない。

沈黙が落ちる。木々の隙間を抜けていく風が葉を揺らす音が聞こえた。

三条は顔を上げる。力のこもった視線で、真っすぐに譲を見た。

「ごめん」

「え……何が」

突然の謝罪の言葉に、戸惑う。譲の問いに、三条はまた目を伏せた。

「昨日、駐車場で聞いた譲君の話を、俺はよくあることのように扱ったから。…譲君の気も知らないで。最悪の対応だった。本当に悪かった」

そう言って三条は、言葉だけではなく頭を深々と下げた。

あの状況で、三条がとった対応は、誰に責められるようなものでもない。譲の事情なんて何も知らなかったのだし、元気づけようとしてくれたのだとちゃんとわかっている。…確かに三条の言葉を辛く思ったりもしたけれど、怒りなんて少しも感じていない。

——昨日のことは、すべてなかったことにされると思っていた。そしてそれは、三条の優しさなんだと納得もしていた。なのに今、三条の言葉を聞いてほっとしている自分もいる。

駐車場での会話もその後の母親との諍いも、譲にとっても確かに消し去りたい記憶ではあるけれど、知られてしまった事実をなかったことにされるのは、譲自身の存在を否定されているのと同じことのように思えた。

好きな人に自分を認めてもらえないのは、やっぱり悲しい。その言葉に今までの自分が救われたような気がしたけれど、謝ってほしかったわけじゃない。三条は何も悪くない。

「やめてください、そんな……三条さん、謝るようなこと、何もしてないじゃないですか」

譲は慌てて三条の腕を摑み、謝罪をやめさせようとした。けれど三条はしばらくそのままで、腕を摑んだ譲の手のひらに体温が伝わる頃になってようやく、頭を上げてくれた。

「昨日も……守ってやれなくてごめん」

三条はさらに謝罪の言葉を重ねた。

道の駅での母の罵声《ばせい》や混乱が、一瞬でよみがえる。あのときの情景は思い出したくもないものだったけれど、三条は自分を精一杯かばってくれた。カッとなった譲を宥めてもくれた。感謝こそすれ、恨みになんて少しも思っていない。

「そんな、三条さんには十分いろいろしてもらいました。昨日のことは……母が失礼なことを言って、本当にすいませんでした。あんなふうに巻き込んで、迷惑をかけたのはこっちのほうで…」

「譲君が謝る必要はないし、迷惑だなんて少しも思ってない」

言葉尻を奪うようにして、三条は強い口調で言った。

その口調の激しさに驚く。三条は、眉間《みけん》にぐっと力がこもった強い視線で、譲を見返していて、その表情は怒っているように見えた。

どうしたのだろうと訝しむ譲に気づいたのか、三条ははっとしたように横を向いた。乱暴な手つきで自分の頭をかくと大きく息をつき、もう一度譲と視線を合わせた。

「男が男を好きになって、何が悪いんだ？　確かに同性を好きになる人間は少数派かもしれない。だけど、あんなに責められなきゃならないことなのか？　誰かを好きになる気持ちは男も女も変わらないだろう。俺だって男を好きに……本気で好きになったことはある」

譲を見据える三条の視線は、揺るぎない。その口調は、感情を抑えているかのように淡々としたものだった。

譲は、目を見開いて三条を見返す。

まさか、と思った。そんなことなどあるわけがない。だって、最近離婚したと言っていた。相手は当たり前のように女性だと思っていたけれど…もしかしたら、違うのか？

男を好きに？　本気で好きに？

本当なのだろうか。ただ譲を元気づけるために言い出したことじゃないのか。三条からの突然の告白に、譲の頭は混乱する。

「珍しいことじゃない。案外よくある話だ。俺だって初めはまさか、男相手に恋愛感情を持つなんて信じられなかった。だけどそのときは、他の誰よりそいつが大切だったし、できればずっと一緒にいたいと思ってた。……まあ結局、他の男にかっさらわれたからどうにもならなかったけど」

最後は笑いながら、冗談めかしたような口調でつけ足した。

混乱していた頭に、カッと血が上る。慰められているのか？　男を好きになるなんてたいした問題じゃない、よくある話だと。

いつもの譲だったら、三条の言葉を素直に聞けたかもしれない。同じような人がいるのだと勇気づけられたかもしれない。それに、譲にとって三条は特別な存在なのだから、同性を恋愛対象にできるとわかったら、嬉しくさえ思えただろう。けれど、今の譲にそんな余裕はなかった。

三条に昔好きな人がいて、それは男だったと聞かされて、おまけにその人に対する愛情は本物だなんて教えられたら、とても冷静ではいられない。火のような怒りと三条が好きだったという見知らぬ人への嫉妬《しっと》で、胸中が荒れ狂う。そんな筋合いではないとわかっているのに、三条が憎らしくさえ思えてきた。

「そんな話を聞かされて、僕にどうしろって言うんですか？　安心するとでも思ったんですか？　僕は、三条さんが好きなんです。他の男の話を聞かされたって、嬉しくもなんともありませんっ！」

挑むような視線で三条を睨みつけながら、強い口調で言い返す。

感情的に高ぶった声が、周囲に甲高く響いた。

視線が絡み合ったまま、お互い黙り込んでしまう。沈黙の間を、ざわざわ葉擦れの音が縫っていく。

諍いは普通、言葉を重ねるごと緊張感を増していくものだが、晴れた日の森の中は、開放感に満ちている。どんなに声を荒らげてもそれ以上怒りが膨らまなくて、だんだんといたたまれない気分になっていった。誰かをなじった経験などほとんどない譲には、この事態を収拾する方法が思いつかない。その上、どさくさにまぎれて三条に好きだと告白をしてしまったことに今さら気づいて、愕然とした。

馬鹿じゃないか。馬鹿じゃないか。なんて間抜けなことを。自分の言動を自覚した途端、羞恥と後悔が胸中で渦を巻く。三条を凝視したまま、身動きが取れなくなった。

そんな譲の胸の内など当然知りもしない三条の表情が、ゆっくりと変わり始める。驚き、戸惑い、そして唇の端が緩んで目尻が下がり…要するに、なんでか満面の笑みを浮かべて譲を見返す。

「そうだよな。ごめん。でも、昔の話だから」

何を言ってるんだろう。なんでそんなに嬉しそうにしているんだろう。

不可解な三条の反応を、譲は唖然と見つめる。

「……何を言ってるんですか？」

「俺に昔好きな男がいたのが面白くないって話だろう?」

ようやく口にした譲の言葉に、三条はさらりと返す。

「だから、ごめん。でも今は、譲君だけが好きだから」

「………え?」

言葉の意味がわからなかった。というより、声は聞こえているのに、内容が頭に入ってこない。何か今、とんでもないことを聞いたような…。

「ん?」

三条も、譲の反応にようやく怪訝そうな表情を浮かべる。

また落ちる沈黙は、今度のほうが長かった。

三条は、困り顔で譲を見ている、そして仕方ないなというように笑った。

「もう少しで着くのかな。譲君、腹が減っただろう? 早く行こう」

気を取り直すように告げた三条の言葉はたぶん気遣いで、二人の間に流れる空気を変えようとしたのだろう。

けれど、その言葉に一瞬で焦りが込み上げる。

たった今聞いた言葉が、消えてしまうような気がした。話題が変わってしまえば、もう二度と今の言葉を聞くことができなくなる。もう一度、聞きたい。確認したい。空耳ではないのなら、もう一度言ってほしかった。

「なんですか？　今なんて言ったんですか？　なんの話をしてたんですか？」

譲は向かいに立つ三条に一歩詰め寄り、思わず右手で肘《ひじ》のあたりを摑んでしまう。

三条はその勢いに驚いているようだったが、退きはしなかった。

「なんの話って……同性相手に恋愛してもおかしくないって話」

「それだけじゃなく、それ以外にも言いましたよね？」

「えーと……俺も男を好きになったことがある？」

「そのことも気になるんですけど、でもその次」

もどかしさに、口調がだんだん焦れていく。聞きたいことはたくさんあるが、今確かめたいのは、違うことだった。

「譲君が好きだって言ったこと？」

「嘘だ」

「ええー」

間髪いれずに返した譲の言葉に、三条は軽くのけぞる。けれどすぐに姿勢を正し、笑いながら譲の頭を優しく撫でた。

「本当ですけど」

「嘘です。そんなわけないです。僕だけが好きなんです。何日か前に会ったばっかりなのにそんなのおかしいと思うかもしれないけど、三条さんはどうせすぐいなくなるんだから考えないようにしてたけど、やっぱり好きなんです。でも、三条さんに迷惑だけはかけたくないから、何も言うつもりなんかなくて、今日だって会えるのは最後だから寂しいけど、思い出は作れるって思ったらすごく嬉しくて…」

ようやく聞けたその言葉をどうしても信じきれない。嘘だと思ったほうが、納得できる。なのに、三条の肘を摑む指に力がこもってしまう。信じたいと縋《すが》るように、より強く。

「落ち着いて、譲君。大丈夫だから。俺も好きだから。今日で最後になんてしないよ？」

三条は静かな口調で言いながら、自分の肘を摑む譲の手の甲をポンポンと叩いた。

「深呼吸してごらん。ゆっくり。——そう」

言われるままに、息を深く吸い込み、吐き出す。数度繰り返すうち、だんだん頭が冷えていく。

笑みを消して心配そうに譲の様子を窺う三条の表情を見ていたら、たった今聞いた言葉が頭の中に蘇ってきた。

『俺も好きだから。今日で最後になんてしないよ？』

本当なのか？　本当に三条は、自分を好きでいてくれるのか？　真剣な三条の表情に、もしかしたらその言葉は冗談でもなんでもないのかもしれないと思い始める。

「……自分を好きな男がいるなんて、気持ち悪いと思いませんか？」

三条に問う声が、掠れて震える。まだ信じきれない。何度でも確認したい。

呆れたように三条は、大きく息をつく。そして笑いながら、譲を軽く睨みつけてきた。

「譲君、俺の話、聞いてた？　珍しいことじゃないんだよ。男が男を好きになることも、譲君が俺を好きなことも、俺が譲君を好きなことも。ただ普通に、両想いだっていうだけで」

覚えの悪い子供に言い聞かせるように、三条はゆっくりと丁寧な口調で告げた。

これまでの三条の言葉が、じわりと頭の中に染み込んでいく。

ありえないありえないと、何度も胸の内で繰り返しながら、膝の力が抜けた。地面に崩れ落ちそうになる。三条の肘を摑んでいた指が、ほどけた。

「…っ、譲君っ！」

三条が慌てて、譲の二の腕を摑む。跪《ひざまず》く寸前で強引に引き上げられた。摑まれた腕が痛い。けれどその痛みのおかげで、この状況が現実なのだということがようやく実感できた。

日差しにきらめく木々の緑、頭上の空は鮮やかに青く、心地よい風が頰をくすぐる。体が軽くなったような気がした。目に入るすべてが、輝いて見える。

焦りをあらわにする三条を見上げて、譲は思わず笑ってしまった。

緩い坂道を登っていけば、不意に視界が開けて、小さな原っぱがぽっかりと目の前に出現する。

太陽が輝き、光がさんさんと降り注ぐ。前方には青い空と白い雲、手前には田植えの終わった水田が広がり、その奥には大小さまざまな山々がそびえる中、一番標高の高い山がなだらかな曲線を描いて中央に鎮座していた。

たぶん田舎の山の中なら、どこにでもあるありふれた風景かもしれない。かける手間と時間を考えれば釣り合わないかもしれないけれど、見つけるまでに苦労があった分、譲にとってここは特別な場所だった。

そこに到着した途端、三条は原っぱのあちこちから周囲の景色を見渡して、いいところだと何度も譲に言ってくれた。

乾いた草の上に腰を下ろし、コンビニで買い込んだ食事を済ませる。おにぎりもサンドイッチも冷めたフランクフルトもおいしかった。

そして、たくさんたくさん話をした。食べ物の好き嫌い、最近のニュースや好きなテレビ番組の話など、はたから見れば時間潰《つぶ》しのような会話を尽きることなく続けた。

世代が違うせいか互いの好みが重なる部分は少なかったけれど、今まで知らなかった三条が見えてくる。

福神漬けやラッキョウ自体は嫌いじゃないが、カレーと一緒に食うのは許せない、と真面目な顔で力説する。それはカレーの味を破壊する行為だそうだ。ちなみに、焼きそばの紅しょうがも同じくくりに入るらしい。

あまり聞いたことがない意見に譲は思わず笑ってしまったけれど、酢豚のパイナップルは必要ないと思うのと同じことだと言葉を重ねられ、納得してしまった。

子供みたいですねと言うと、嫌いなものは嫌いなんだと開き直ったように告げられた。

今まで三条と話すときはおかしなことを言わないよう慎重に言葉を選んでいたけれど、浮き立つ心のまま、思いついたことを次々言葉にしてしまう。考えなしな自分の言動を振り返れば、子供じみた振る舞いをしているのは譲自身だって同じことだった。

もしかしたら、三条も同じような気持ちだったのだろうか。昨日までの丁寧な口調が今日は朝から少しくだけていることに話しながら気づく。譲に会えたことが嬉しくて、はしゃいでしまったのだろうか。

自信過剰な考えかもしれないけれど、もしそうなら嬉しい。本当に嬉しい。

話題は一瞬も尽きぬまま、何かに急かされるように互いのことを教え合ったのは、時間が限られているからかもしれない。好きだと確認し合っても、今日で離れ離れになることに間違いはなかった。だからこそ、心を開放することができたのだろう。

大学ではテニスサークルに入っていたと言う三条に、スポーツは何が好きかと尋ねられ、部活は何もしていないけれど、中学に入るまではテニスクラブに入っていたと教えた。

同じスポーツをしていたという偶然から、さらに話は盛り上がる。

五歳から七年通って、小学校卒業と同時にやめたこと、弟は今も続けていて、全国的にトップレベルの選手になっているということを話したら、三条はすごいなと感心する。

「じゃあ今度、一緒に行こうか。まあ俺の場合、テニスをやってたって言ってもお遊びみたいなサークルだったから、相手にならないかもしれないけど」

「そんな、僕だってたいしてうまくないんです。もう何年もやってないし」

「やめてから一度もラケット握ってないの？」

「いえ、中学に入っても弟がまだ続けてたから、練習相手で付き合ってたりはしてたんですけど…」

　久しぶりに、その頃の記憶が蘇る。

テニスに関することは普段、ほとんど思い出すことはない。それに伴ってよみがえる記憶があまりに辛いものだったから、弟絡みのことならまだしも、自分に関することは考えないようにしてきた。だから今、三条に昔テニスを習っていたことをするりと教えられたことに、譲自身、話しながら驚いた。

　言葉にできたことでつっかえが取れたのか、そのことについて話したい欲求が急激に膨らむ。三条に、聞いてほしいと思った。

「中学二年の秋以来、ラケットは握ってないし、ボールも触ってません。試合も…弟のも見てないです」

「随分すっぱりやめたね」

「同じテニススクールの人とキスしてるところを母親に見られたんです」

そう告げるのと同時に、三条ははっとしたように目を見開いたけれど、譲の心は少しも波立つことはなかった。

草の上に投げ出していた足を引き寄せる。膝を少し開いた体育座りのような格好で、前方に連なる山々をぼんやり眺めながら、記憶を辿った。

「僕が中二に上がるのと同時にテニスクラブに新しく入ってきた人で、年は僕より三つ上だったんですけど、親の転勤でこっちに引っ越してきたって言ってました。すごく明るくて人懐っこい人で、あっというまにスクールのみんなと仲良くなってましたね。そのときたまま同年代の男子がいなかったっていうのもあって、一番年が近い僕によく話しかけてくれました。……中学とか高校の歳の差って、一つでもすごく大きいじゃないですか。三つ上だなんてすごく大人に思えて、話しかけられると初めはすごく緊張して……僕は暗いというか自分から積極的に話しかけることとかできないので、誰とでもすぐに仲良くなれるその人が羨《うらや》ましくて、ひそかに憧《あこが》れてたんですよね。そのときはまだ……自分が男を好きになれるだなんてはっきり自覚してないときで、でも周りの友達に比べたらなんかおかしいなとはちょっとずつ思い始めてはいたんですけど……」

一旦言葉を切って三条を見ると、真剣な、とても神妙な顔で譲を見ていた。

「うん」

三条は小さく呟くと、地面についていた譲の片手に手のひらを重ねる。そのままギュッと握られて、励まされているようにも話の続きを促されているようにも感じた。

譲はまた前方に視線を戻して、話を続ける。

それまでは嫌々付き合っていた弟の練習に、進んで付き合うようになったこと。話しかけられるうちにどんどん仲良くなって、スクール以外でも会うようになったこと。一緒にいるだけで楽しくて、どんな言葉も行動もすべて許せてしまえたこと。

その人に対する感情がどんなものか、突き詰めて考えるのを避けていたこと。なぜならその人には、同じ高校に通う彼女がいたから。そして開けっ広げな性格のその人は、彼女とのキスやセックスの内容を笑い話にして、譲に詳しく話すような人だった。

その人が初めてうちに遊びに来たのは九月の中頃、テニススクールがある日だった。練習をサボって遊びに行こうと誘われて、ゆっくり話せる場所がいいと言われて、どちらかの家に行くことにしたのだが、スクールから近いほう、譲の家に行くことを決めた。

その日、父親と要はテニススクール、母親はたまたま買い物に出かけていて、家に着いたときには誰もいなかった。

譲の部屋に入ると、落ち込んだ様子で彼女と別れたと打ち明けられた。

愚痴や泣き言を聞きながら、譲の心は知らず浮き立ってしまう。けれどそんなふうに思ってはいけないと自分で自分を戒めながら一生懸命話を聞いているうちに、少しずつ空気がおかしなものに変わっていった。

女なんてなんだよ。男のほうがいいよな、楽だし話も通じるし。あんな女よりおまえのほうが可愛いよ。

そう言われていつのまにか縮まる距離に、心臓の鼓動がどんどん速くなる。肩を抱かれて顔を覗《のぞ》き込まれたら、体が硬直したように動かない。少しも嫌だと思わなかった。

たぶんその人は、譲が自覚しないようにしていた恋心をとうに見抜いていたのだろう。拒絶されることなど考えてもいないような手早さで譲をベッドに押し倒すと、ためらいもせずキスをしてきた。

傍若無人に口腔《こうこう》を這《は》い回る舌の動きについていけなくて、譲は縋るように背中に腕を回し、しがみつく。

と同時に、母親が畳んだ洗濯物を持って譲の部屋のドアを開けた。

ノックをしなかった母親を責める気はない。母親が買い物から帰ってきていることに譲たちは気づいていなかったし、普段母親は譲が友達を家に連れてきたときに部屋に来ることはしないので、譲が家にいることも客が来ていることにも気づいていなかったのだと思う。

譲に覆いかぶさっていたその人は、母親の悲鳴を聞いた途端、体を跳ね上げて素早く逃げ出した。

——その後の騒動を、詳しく三条に教える気にはならなかった。昨日三条は、譲と母親との関係がどんなものかは目の当たりにしているのだから、予想はつくだろう。

結局、相手が誰だったのか、テニススクールに関《かか》わっていない母親にわかるわけがないし、譲も最後まで相手の名前を言わなかった。その後、譲がテニススクールに顔を出すことはなくなったし、その人が譲に連絡をしてくることもなかった。

話を終えた譲は、大きく息をつく。今まで誰にも話そうと思わなかった出来事を三条に打ち明けられたのは、特別な決意を抱えてのことではなかった。

誰かに話そうと思えた、それも三条に対してそうできたことが嬉しい。すべてを話し終えたあとに残るのは、清々《すがすが》しさとほんの少しの空《むな》しさで、あれから長い時間が経ったんだなと感慨深い気分にさえなった。

ふと三条のほうへ顔を向けると…難しい顔をして唇を引き結んでいる。どう見ても、上機嫌な顔には見えなかった。

どうしたのだろう。何か怒っているのだろうか。けれど、重ねた手のひらはそのままで、譲の手を握る指にはますます力を込めてくる。

「……すいません。何か怒ってますか?」

思わず謝ってしまったのは、こんな不機嫌そうな三条を初めて見たからで、どう接すればいいのかわからなかった。

三条は表情を変えないまま、譲に視線を据える。

「昔の男の話は、確かに聞いててて気持ちいいもんじゃないなと思ってね」

ぶっきらぼうなその言葉に、ついさっき交わした会話を思い出す。…そうだ、自分だって三条が昔男の人を好きになったと聞いて、不愉快な気分になったじゃないか。

「すいません！　僕、すっかり忘れてました。あんなに嫌だって思ったのに、本当にすいませんでした。でもその人と付き合ってたとかそういうことは全然なくて…」

慌てて頭を下げると、三条は慌てふためく譲を見て、こらえきれないように笑い出す。

「冗談だよ。まあ、面白くないのは本当だけどね。だけどそれより何より、その男にかなり腹が立つ。……辛かっただろう？」

「そんなこと…」

ないですとは、どうしても言えなかった。

辛かった。そう思わないようにしてきたけれど、ずっと辛くてたまらなかった。

父も弟の要も、あの出来事を知っても、譲を責めることは一度もしなかった。どう接していいのかわからないから、当たり障りなくと思っていたのかもしれない。それでもヒステリックになるばかりの母親から譲をかばってくれたことは何度も何度もある。

母親だけが、譲をずっと責め続けた。ただの友人から連絡が来ただけでなんの用かと問い詰めたり、外出もほとんどさせてもらえなくなった。

あんな人ではなかった。口うるさいのはむしろ父親のほうで、母親はその小言からよくかばってくれた。まったく性格の違う譲たち兄弟を、分け隔てなく褒めたり叱ったり、理不尽なことを口にするような人ではけしてなかったのに。

そう変えてしまったのは譲のせいで、だから辛いだなんて思うのは許されないことだと思っていた。

人生は、たった一つの出来事で激変してしまう。ただ人を好きになっただけで、こんなに恐ろしいことになるとは思ってもいなかった。これから先、恋なんてしないで生きていけば、母親に心配をかけずに済む。責められることもないだろう。

誰にも心を動かさず、迷惑をかけず、一人で生きていく。誰のことも、好きになんてなりたくない。

そう思っていたのは本当なのに、勝手に動いてしまう心はどうにもならなかった。

今でも男同士の恋愛に躊躇《ちゅうちょ》はあるけれど、三条の言葉が譲の背中を押してくれた。

『珍しいことじゃないんだよ。男が男を好きになることも、譲君が俺を好きなことも、俺が譲君を好きなことも。ただ普通に、両想いだっていうだけで』

心配そうに譲を見つめる三条に、笑顔を返した。

「……でもさっき、普通だって言ってくれたから、もう大丈夫です」

譲は三条の手のひらが重なった手の甲を裏返し、今度は自分からギュッと握り締める。こんなことをする勇気は、これまでなかった。でも今はできる。そうできる力を、三条からちゃんともらっている。

「ずっと僕は自分に引け目を感じてて、男の人を好きになるのは異常なことなんだと思ってきました。もし誰かを好きになっても、絶対に相手に迷惑がかかる、自分も傷つくだけだって信じ込んでて……。でも、そうじゃないんですよね？　男が男を好きになっても、おかしいことじゃないんですよね？」

譲に問われた三条は、大きく頷いた。

「ならいいんです。……確かに辛いことはあったけど、いろいろあったから今こうしていられるわけだし。……三条さんに会えたことで十分元は取れてる気がします」

譲は冗談めかした口調で告げる。

さっき、三条の言葉を聞いた途端、自分の体が軽くなったような気がした。今は心も軽い。清々しい気分ですらあった。

これまでずっと心をがんじがらめにして幾重にも巻きついた鎖の輪は、誰がまとわせたものでもなく、もしかしたら自分自身で巻きつけていたものだったのかもしれない。

三条は、明るく告げる譲の表情を窺うように、じっと見つめる。

「許せるのか？　……今までされたこと」

言葉を選ぶように言いよどみながらも三条は、真剣な顔で譲に問う。

許す。許せるか。……正直、今の母親には恐ろしさしか感じない。けれどだからといって、憎めるのかと言われれば、それもできない。

迷いながらも、正直な気持ちを三条に告げた。

「……わからないです。むしろ向こうがどうなんだろうとは思います。ここ何年かはずっと……疎まれてたというか罵《ののし》られてしかこなかったから。嫌われてるんじゃ…」

「そんなわけないだろうっ！」

譲の言葉を遮るように、三条は切りつけるような口調で譲を怒鳴りつける。

言葉の内容より、三条の荒々しい口調のほうに驚いてしまう。目をまんまるにして三条を見返した。

「悪い」

譲の反応に、三条ははっとしたように我に返り、気まずげに目をそらした。

「いえ、大丈夫です。でも……どうしたんですか？」

突然の怒りの理由がわからない。戸惑いながら問うと、三条は、譲から目をそらしたまま、つないでいた手をほどき立ち上がった。

「今から翠岩神社に行かないか？」

譲に背を向けたまま告げる三条の口調は、硬いものだった。

……どうしたのだろう。不思議に思ったのと、手をほどかれたことが寂しくて、譲は何も答えられない。

三条は振り向いて、譲に手を差し出す。

「行こう」

短く告げる三条の表情は、硬いままだった。

どうしたのだろうとは思ったが、手を差し出されたことにほっとして、思わずその手を摑んで立ち上がる。

来た道を戻る間、会話は一つもしなかった。

不安が歩くごとに膨らんでいく。譲は、つないだ手のひらから伝わる温《ぬく》もりだけに縋りながら歩いて行った。


ずいがんさままでは、車と徒歩で合計四十分ほどかかったのだが、その間、道案内以外の会話はほとんどなかった。

何か気に障ったことがあるのだろうかと思い返してみても、心当たりはない。横に並んで歩く三条の表情を窺えば、何か考え事をしているような難しい顔をしているのに、ずいがんさままでの道を歩くときには当たり前のように譲の手を取りつないで歩く。

そのちぐはぐさは本当に不可解なものではあったけれど、真昼の明るい日差しの下、まさかこんなに堂々と手をつないで歩けるだなんて思わなかった。誰も通らない道だからできたこととはいえ、それでもやっぱりとても嬉しい。

――三日ぶりに来たずいがんさまは、当たり前だがいつもと変わらず、寂れたままの姿でそこにあった。

鳥居をくぐり階段を下りると、水の流れる音が聞こえてきた。

水汲み場には、相変わらず誰もいない。ひんやりとした空気が頬を撫でる。

「……ペットボトルか何か、持ってくればよかったな」

ポツリと呟いた三条の言葉に、ようやく喋ってくれたと譲は素早く返事を返す。

「そうですね。あ、車の中にコンビニで買ったお茶、五百のペットボトル、ありましたね。それを持ってくればよかったんだ。すいません、気がつかなかった」

三条は、譲の言葉に苦笑いを浮かべる。

「譲君が謝る必要ないだろう。せっかく来たんだからって思っただけで……ああ、ごめん。怒ってるわけじゃないから、そんなに気を回さなくていいよ」

視線が合うと三条は、譲が自分の様子を窺っていることに気づいたのか、謝罪の言葉を口にする。

「突然何も喋らなくなったと思ったら、わけもわからないままここに連れてこられて、そりゃどうしたんだろうって思うよな。心配させてごめん」

三条はもう一度謝るとつないだ手をほどいて、賽銭箱の前に歩み寄る。ジーンズの後ろポケットから財布を取り出し、賽銭箱に百円を投げ入れた。

手の中に感じていた温もりがなくなると、少し寂しい。…財布は車の中だ。お賽銭のことなどすっかり忘れていた。

今回は水汲みに来たわけではないが、なんとなく気まずい。

そんな譲の内心を読み取ったかのように、こちらを振り向いた三条が、「二人分」と、笑って告げる。

「すいません」

財布を取りに戻る気にはさすがになれないので、譲は素直に甘えることにした。

三条の横に立ち、二人で手を合わせる。

(今日は水汲みじゃないですけどこんにちは)と、内心で呟く。目を開けると、三条はまだ手を合わせている。

普段それほど丁寧に手を合わせることのない譲は、特別ずいがんさまに報告しなければならないこともなくて……あ、でも、ここで三条に出会ったんだから、お礼を言っておくべきかもしれない。

譲はもう一度目をつぶり手を合わせ、お礼をしておいた。

次に譲が目を開けても、まだ三条は手を合わせている。

……そういえば、初めて会ったときも、熱心に手を合わせていた。

何かずいがんさまに特別な思い入れでもあるのだろうか。そういえば、ここを訪れたのはずいがんさま目当てだと旅館の女将さんが言っていた。

譲は、真剣に拝んでいる三条の横顔を見つめる。

優に一分以上経ってから、三条はようやく目を開けた。譲を見て、にっこり微笑む。

なんだか話しかけられないような雰囲気だったので、その笑顔にほっとして、譲も笑顔を返した。

「随分長かったですね。何かお願い事でもしてたんですか？」

「拝むのは、何かしてほしいときじゃなく、誓いを立てるときなんだろう？　……頑張らなきゃいけないことができたから」

そういえばここで三条と会ったとき、そんなような話をしたことを思い出す。……頑張るって、いったい何を？　怪訝そうな顔をしてしまっていたのだろう。三条は安心させるためか、譲の頭を優しく撫でる。

「これまで辛いことはあったけど、俺に会えたことで十分元は取れてるって言ってくれただろう？　……そういえばそうだなと思って」

三条はそこで言葉を切ると、譲の手を取り、水汲み場の横にある石垣に腰掛けた。促されるままついて行くと、三条は自分の膝の間に譲を立たせる。つないだ手を一旦ほどき、今度は両手で譲の両手を包み直した。

「……さっき、譲君が俺にいろんな話をしてくれて、嬉しかった。信頼されてるんだって思ったし……すごく好きでいてくれるとも感じた。ありがとう」

真正面からそんなふうに言われて、それは確かにそうなのだけれど、言葉にされると気恥ずかしくなってくる。真剣な目をしている三条の表情を見れば、からかわれているわけではないらしい。三条が緊張しているのが伝わってきて、羞恥はすぐに消え去った。

「だから俺も、譲君に聞いてほしい話があるんだ」

少し間を空けて続けた言葉はどこか頼りないもので、内心に迷いがあるように聞こえた。

「あの…もし何か、話すのが辛いようなことがあるなら、無理に話さなくても大丈夫です。僕がさっきいろいろ話したのは、なんか浮かれてたからだったし、むしろ無神経だったんじゃないかって思ってるぐらいなんですから」

昔の男…だなんて言えるものではないけれど、そんな話なんて、気持ちが通じ合ってすぐするような話題じゃなかった。けれどもしそれが、話したくないことを話さなければと三条に思わせてしまったのなら、申し訳ない。

「無神経だなんて、そんなことないよ。譲君は、いつも人のことばかり気にして、自分の気持ちを抑えるようなところがあるから、正直な気持ちを聞けたのはすごく嬉しかった」

慰めではなく心底そう思っているのだと教えるように、三条は譲の両手をギュッと握り締める。

「でも年を取るとだんだん臆病《おくびょう》になって、全部をさらけ出そうと思ってもなかなか難しいもんでね。さっきの場所でそのまま話せればよかったんだけど、どう切り出せばいいのかわからなかった。そしたらこの場所が頭に浮かんで…。ここは譲君と初めて会った場所だし…俺にとってはちょっとした曰《いわ》くもあったから。それに、ずいがんさま、だっけ。ここの神様に見ててもらえば、勇気も出るかと思ったんだ」

勇気。その言葉に、背筋が伸びた。これから聞く話は三条にとってとても重要なことなのだろうと想像できて、少し怖いような気もする。それでもやっぱり、早く聞きたくもあった。ついさっき、無理をしないでと告げた言葉は嘘ではないけれど、結局、好きな人のことならなんでも知りたくなってしまうのは仕方のないことだ。

すると三条が切り出したのは、予想外の謝罪だった。

「さっきは怒鳴ってごめん。怒ったわけじゃないんだ、本当に。…ただ、親が子供を嫌うわけがないってどうしても言いたくなって…。でもそんなのは、実際に苦しんでる側からすれば、なんの意味もない言葉だよな。譲君の苦しみをないがしろにする言葉だった」

三条はもう一度ごめんと頭を下げた。

譲自身、さっきの三条の言葉に傷ついていたわけではなく、ただその剣幕に驚いただけだったので、真剣に謝罪をする三条に戸惑ってしまう。

「そんな…大丈夫ですから。僕、なんとも…何も嫌な思い、してませんから」

三条は譲の言葉に笑みを返すと、俯いた。

「大人は…親っていうのは案外愚かな生き物で、自分たちの都合で子供を振り回したり、理不尽なことを平気で言ったりする。…でもそこに愛がないわけじゃないから、面倒なことになったりして。…だけどだからって、子供が親のすることを全部許す必要はないんだ」

その言葉は譲に対して話しているというより、自分に言い聞かせているようだった。淡々と、けれどどこか苦しげな声音が、悲しく聞こえる。

三条の言葉の意味を考えるより、その様子のほうが気になった。どうしてこんなに辛そうなのか。結局譲は何も答えられなくて、三条のつむじをじっと見つめる。

ゆっくり間をおいてから、三条は気を取り直すように小さく息をつくと顔を上げた。

「何から話そうか。……そうだな。俺が最近離婚したって話はしてたよね？」

譲ははいと返事をしながらコクリと頷く。

「三年前に結婚して、子供が一人、もうすぐ三歳になる男の子がいた。……子供の年でわかると思うけど、要するにできちゃった結婚だね。今は授かり婚とも言うらしいけど」

やっぱり子供がいたのか。昨日の食堂で見かけた家族連れを見つめていた三条の視線を思い出す。アルバイト先の運送会社の中にも既婚者はたくさんいて、子供がいる人だってもちろん珍しくない。それでも好きな人に子供がいるというのは、子供と一緒にいる場面を見ていないからなおさら不思議な気がした。

結婚するより子供が先になるのはよくある話だが、その単語の響きと三条のイメージがうまく重ならなかった。スマートでそつがない印象を人に与えるだろう三条は、そういう順番もきちんとしていそうに見えるからかもしれない。

「彼女は俺より七つ年下で、同じ会社に勤めてた。出会いのきっかけはまあありふれたもので、彼女が新入社員として配属されたのが俺がいた部署だったんだ。半年後に彼女から告白されて、付き合い始めた。それから約一年後に彼女が妊娠して、結婚した。——事実だけを箇条書きにしていけば、よくある結婚の形に過ぎないな」

三条は冗談めかした口調で、譲に笑みを投げかける。けれど短い沈黙の間に、視線がまた徐々に落ちていった。譲の手を包む指に、ギュッと力がこもる。

「でも俺は、結婚する前もしたあとも、彼女に対して特別な感情は抱いてなかった。……もちろん嫌いではなかったけどね。彼女は男性社員の間じゃ人気が高かったから、羨ましがられるのは悪い気分じゃなかったし。……でも、それだけだ。彼女とずっと付き合っていくつもりは、初めからなかった」

ひどい言葉を淡々と、三条は繰り出す。

「好きじゃないのに、付き合ってたんですか？」

納得できなくて、譲は思わず口を挟んだ。その口調が、三条をなじるようなものになってしまう。

三条は、譲に視線を合わせた。真っすぐに、見つめる。

「自分が好きで相手も好きで、そうやって付き合うのがベストだとは思うよ？　だけど、嫌いじゃなかったら、付き合っていくうちに好きになることもあるかもしれない。そうやって始まるのは珍しいことじゃないだろう？　……でもそうだね。確かに、気持ちがないなら付き合うべきじゃなかった。だけど、そういう恋愛の仕方もあるんだってことはわかってほしい。それでうまくいくこともあるし、たとえうまくいかなかったとしても……それを、後悔するわけにはいかないこともあるんだ」

言葉の意味はわかるが、三条の真意が摑めない。後悔するわけにはいかない、というのはどういう意味なのだろう。結局離婚することになってしまったのだから、その結婚は失敗だったんじゃないのだろうか。

三条は譲から目をそらし、過去の記憶を辿るためだろうか、その視線は譲の斜め下のあたりをじっと見据えた。

「言い訳するわけじゃないけど……さっき、俺も男を好きになったことがあるって話をしただろう？　そいつに振られてから、誰と付き合っても本気になれなかった。彼女だから本気になれなかったわけじゃなく、誰に対してもそうだったんだ。短いスパンで次々に相手を変えて、結局結婚することになったのも、彼女の妊娠がきっかけで、気持ちがあったからじゃなかった。……ってこれ、ただの言い逃れか」

自嘲《じちょう》するように唇の端を歪めた笑みは苦いもので、そんな笑い方をする三条は、今まで見たことはなかった。

心臓が痛くなる。鼓動がどんどん速くなっていく。過去の懺悔《ざんげ》をするために、三条は勇気を振り絞ってこの話をしたのだろうか。三条が口にしなければ、譲にはたぶん一生知られずに済む内情なのに。

前の奥さんに対してもそれまで付き合ってきた人たちに対しても、三条がひどいことを言っているとわかっている。だけど、譲には三条を責められない。三条の気持ちがわかるからじゃない。好きでもない相手と付き合うだなんて、譲にはまったく理解できないものだ。ただ、一つの恋を長々と引きずってしまう気持ちはわかる。譲にも覚えがある。だからといって、三条の行為が許されるわけではないけれど。

「それでも俺は俺なりに彼女を大切にはしてきたつもりだけど、彼女がどう思ってたかはわからない。……離婚の話が出るまでは楽しそうにしてるようには見えた。正直、一緒に生活している間は彼女のことは注意して見てなかったんだと思う。……子供がいたからね」

最後の言葉を告げるとき、三条は淡く笑みを浮かべた。その表情からは子供への愛情が窺えるのと同時に、どこか悲しげにも見えた。

この一カ月旅行しているということは、奥さんが子供を引き取ったのだろう。会いたいだろうなと思ったら、譲まで悲しい気分になってきた。

「女の人は子供をお腹の中で育てながら母親になるって言うけど、男はなかなか父親の実感が湧かないものでね。子供が産まれてから一カ月半ぐらい彼女は実家に帰ってて、その間は週末に会いに行ってたんだけど、あんまり小さくて柔らかいから触ったら壊しちゃいそうで、可愛いと思うより恐怖のほうが大きかった。でも、一緒に生活するようになると……驚いたよ。こんなに愛《いと》しい生き物がこの世に存在するのかって」

視線を伏せながら告げた最後のひそやかな声音には、愛情が溢れていた。

「少しずつ笑うようになって、手足をばたばた動かせるようになって、抱き上げれば確かめるみたいに顔に触るようになって…。できることが一つずつ積み重なるたび、感動して泣きそうになるんだ。…親馬鹿だろう？　でもたぶん、親ならみんなそうなるんだろうな」

記憶を辿る表情は、幸福だった瞬間を思い返すたび、柔らかなものになっていく。

そんな愛しい相手と離れることになってしまった三条の悲しみを思えば、胸が痛む。そして、寂しくもなった。

これほど子供を愛する父親だったことがわかってほっとしているのに、きっと、子供に対する愛情ほどには、自分を愛してはくれないんだろうな、とふと考えてしまって、落ち込みそうになる。馬鹿げた考えだと、譲は自分で自分を叱りつけた。種類の違う愛情を比べたって、意味のないことなのだ。

三条は笑んだまま、譲に視線を合わせる。

「この子が成長するすべてを、はっきり覚えておきたいと思った。見守っていくんだって、当たり前に信じてたよ。——その子が俺の子じゃないって知るまでは」

静かな声だった。淡々としたその声音からは、どんな感情も窺えない。

思わず息をのむ。嘘だと、根拠のない言葉を咄嗟に言いそうになって、その残酷さに慌てて言葉を飲み込んだ。それまで気にならなかった水音が、やけに大きく頭に響く。たった今胸の内で思った寂しさを、心底後悔した。

「そんな、泣きそうな顔しないで」

三条は、譲の手を包んだ手のひらで、慰めるようにポンポンと軽く叩いた。その顔には、相変わらず柔らかな笑みが浮かんでいた。

「…もともと息子《むすこ》は、俺にも母親にもあまり似てなかった。でも成長すればそれなりに似てくるだろうって、たいして気にもしてなくて。実際俺は、両親より母方の祖父に似てたから、疑うこともなかった。……まさか、俺と結婚するためにわざわざ浮気して妊娠したなんて、普通想像もしないだろう？」

「浮気？　え？　妊娠するために、浮気……ですか？　なんなんですか、それ。意味が……すいません」

言葉の意味が理解できない。三条の傷口をえぐるような疑問を思わずぶつけてしまって、慌てて謝罪した。

「謝らなくていいよ。俺も理解できないから」

三条はもう一度、譲の手のひらを叩く。

「そのことを知った状況を説明すると、その日は一週間の出張から戻った日で、本当なら直接出社する予定だったんだけど、上司が気を利かせてくれて、直帰していいことになったんだ。息子に早く会いたくて大急ぎで帰ったら、知らない男が部屋にいた。……寝室に、裸で。何をしてるかだなんて、聞かなくてもわかる。幸い、子供はその場にいなかった。いつも男が家に来るときは、実家に預けてたらしい。……せめてもの救いだと思ったよ、本当に。俺のためじゃなく、子供のために」

そう言う三条の唇の端が、震える。三条は息を吐き出すと、感情を整えるように一つ咳をした。

「妻の浮気現場に遭遇した夫がどう行動するべきなのか、今もよくわからない。ただ、その男の顔が息子そっくりで……驚くぐらい似てた。そのことしか考えられなかった。どういうことだって……答えはとうに出てるのにな」

笑う三条を見ていたら、泣きたくなった。他人事《ひとごと》のように話しながら、時折当時の衝撃を思い出したように歪む表情が、痛ましい。

譲は三条の手のひらに包まれていた手をほどいた。自由になった両手で、今度は譲が自分の両手で三条の手のひらを挟む。少しでも、三条の痛みが和らげばいい。それ以外、方法が浮かばなかった。

三条はそんな譲の行動に少し驚いたような顔をした。目が合うと、また笑みを浮かべ、今度は嬉しそうな笑顔を見せる。

「ありがとう」

口を開けば、泣いてしまいそうな気がする。譲は首を左右に勢いよく振った。

三条は目を閉じて、大きく深呼吸した。そしてまた、譲に視線を合わせる。

「さすがにそれ以上彼女と一緒に生活することは難しくて離婚を切り出したんだけど、なかなか受け入れてくれなくてね。俺は慰謝料も何もいらないから別れたい、彼女はもうしないから許してほしいって、去年の秋に始まった話し合いは、平行線を辿った」

「なんでやり直したいなんて言えるんですか？　そんな……そんなことをしておいて」

「彼女の言い分としては、自分も悪いけど、俺にも責任はあるってことだった。――俺が一向にプロポーズしてくれない。子供ができれば結婚できると思った。でも俺はちゃんと避妊するから、なかなか妊娠できない。じゃあ他の男にしてもらえばいいんだ。知らない男の子供は気分的に嫌だったから、大学時代の彼氏に連絡を取った。会ったのは三回だけ。だってそれで妊娠できたから。もう二度と、会うつもりはなかった。でも、会ってくれないなら俺に全部ばらすって脅された。仕方なく会ってただけなんだから、相手の男が悪い。他の男とセックスしてたのは悪かったけど、結婚してくれなかったあなたにも責任があるでしょう。……要約すればそんなようなことを言ってたよ」

「そんな……」

途方もない屁理屈に、譲は言葉をなくす。どういう思考経路をしていれば、そんなふうに考えられるのか。開き直りにもほどがある。それとも、本気でそれを正しいと思っているのだろうか。……わからない。理解できない。

「驚くだろう？　彼女は、自分の言ってることがおかしいなんて、少しも思ってないんだ。それでも途中、なんとかやり直そうと思った時期もあったんだけど……」

その言葉に、譲のほうが驚いた。やり直す？　そんな人と、また一緒に生活するだなんて、ありえない。

譲のあからさまな驚きはすぐに伝わって、三条は苦笑いを浮かべる。

「子供がいたからね」

「でもその子は……」

三条さんの子供じゃないじゃないですか。そう続けようとした言葉を、すんででこらえる。それは、あまりに残酷な事実だった。

けれど飲み込んだ言葉まで、三条はそのまま受け取った。

「わかってる。俺の子供じゃない。でも、ずっと愛してきた記憶が強すぎて、あの頃の俺は、息子が自分の人生からいなくなるなんて考えられなかった。事実を知る前後で、息子に対する感情が変化したとは思いたくなかったんだ」

その頃の三条の胸中を慮《おもんぱか》るのは、結婚も、ましてや子供がいるわけでもない譲にとっては難しい。譲はじっと三条の言葉を聞いていた。

「だけど、やっぱりそれは無理な話だった。息子と一緒に遊んでても、ふと自分の子供じゃないことが頭を過るんだ。以前のように接することができない。甘えられて、無性に苛つくこともあった。父親がそんなふうじゃそのうち……息子をひどく傷つけることがあるんじゃないかと思った。……自分で自分の予想に愕然としたよ。ありえないと思いながら、万が一のために家を出てホテル暮らしに切り替えて、息子との距離をとって……とにかく離婚することに全力を注ぐことにした。弁護士も入れて裁判所に調停も頼んで、ようやく離婚にこぎつけた。ついでに転職もして、引っ越しもした。全部をリセットするような気持ちだったよ。余分なものを、全部なくしたかった」

ふと、さっきお気に入りの場所へ行く道程で三条と交わした会話を思い出す。リセットされる感じ。三条はあのとき、譲の気持ちがわかると言ってくれた。鬱々としたものが三条の胸中を満たしていたのだろう時期を思うと、やるせなさが込み上げてくる。

「……だけど、旅に出て思い出すのは、子供のことばかりだった。会いたくてたまらなかった。どこに行っても頭を過って、気がつけばあちこちの寺や神社に行って、あの子が幸せになれますようにって一生懸命拝んでるんだ。——だから、譲君から『神様に一人一人の願いを叶える暇なんてないんだから、叶えたい願いがあるならその願いが叶うよう頑張ることを誓うんだ』って聞いたとき、目から鱗《うろこ》だったよ。とにかく誰かに幸せにしてもらえるようにってそればっかり祈ってたから。でも、俺が頑張ればいいのか、頑張っていいのかってずっと考えて……」

譲はたまらず三条の言葉尻を奪う。

「すいません、そんな……三条さんの事情をそのときは知らなかったから、なんか好き勝手に言ってただけであの、あくまで一つの考え方っていうだけなんです。願い事しても全然かまわないと思うし、僕だって受験の年に神社で買ったお守りを大事にしてましたから」

慌てて告げる譲を見上げ、三条は笑みを深くした。

「俺にとっては特別な言葉だよ。視界が一気に開けた気がした。もう二度と会えなくても、息子に恥ずかしくないように生きることが大事なんだって、心底思った。…なんか恥ずかしいね、いい年をしてこんな青臭いことを言うのは。だけどそれまでは…息子を捨てた罪悪感とか後悔で疲れきってたから、本当に救われたような気がしたんだ」

「捨てたって……捨ててなんかないじゃないですか。だって、離婚したのはもう仕方のないことで、事情を知れば、息子さんだってわかってくれると思います」

「事情なんてわからなくていいんだ。……彼女は、息子の本当の父親とたぶん再婚するから。俺のことなんて、早く忘れたほうがいい」

三条は、穏やかな笑みを浮かべて優しく告げる。

——心臓を、何百もの針で刺されたような気がした。その痛みに一瞬で視界が潤み、手の甲にポタリと涙が落ちる。譲は三条の手を離し、慌てて涙を拭った。

「泣く必要なんてないんだよ、譲君。……でも、ありがとう」

染み入るほどの優しい声で告げた後、三条は解放されたばかりの右手で譲の頭を撫でた。

「……本当の父親、って……浮気相手の、ことですよね？」

「ああ。大学時代に彼女と別れてからも未練があったみたいで、離婚の話し合いの最中もずっと復縁を申し込んでたらしいんだ。彼女もだんだんほだされていったらしい。実際子供はそいつの実の息子だし、それに俺の離婚の意思は固かったから、この先の生活に不安もあったんだろうな。結局そのおかげで、離婚話が進んだんだ」

三条の声からは、怒りなど微塵も感じない。

けれど、納得できない。譲がどうこう言う筋合いではないとわかっていても、苦しんだ三条の胸の内を思えば腹が立つ。

「……ひどい人ですね」

そんな言葉を使うべきではないとわかっていても、こらえられない。

三条は困ったような顔をする。譲の怒りをとりなすように、少し笑った。

「譲君、忘れちゃ駄目だよ。さっきも言ったとおり、俺は彼女のことを愛してなかった。子供が産まれてからは、彼女に対して母親であること以外、何も望まなかった。……この結果は、俺が招いたことでもあるんだよ。彼女一人を悪者にはできない。だけど、反省はしてるけど、後悔はしてない。たとえ間違いの積み重ねだったとしても、翠《みどり》がこの世に生まれたことまで後悔するわけにはいかないんだ」

そう言いながら、三条は譲の頭を自分の肩に引き寄せた。

みどり。それが息子の名前なのだろう。まるで女の子のようなその名を呼ぶときの柔らかな響きに、胸が締めつけられる。

『後悔するわけにはいかないこともある』

……そうか。三条の言葉には、そういう意味があったのか。

譲は引き寄せられるまま、背中を少し丸くして三条の肩に額をおいた。何か言わなければと思うのに、涙が止まらなくて嗚咽《おえつ》が漏れる。

母親に嫌われているかもしれないという譲の冗談混じりの言葉に、そんなわけはないと怒鳴りつけた三条の、行き場のない親としての愛情が、ただただ悲しかった。

「翠は、翠岩神社の翠の字を使ってるんだ。地図でたまたま見つけて、どうしても行きたくなった。何かこう……ご利益がありそうだろう？　来てよかったよ、本当に。そうじゃなきゃ、譲君に会えなかった」

譲は三条の二の腕あたりを、縋るようにギュッと摑んだ。涙がいっそう、溢れ出す。こちらこそ、会えてよかった。本当に。そう返したかったけれど、声が出ない。

「……本当は今日、譲君に会うかどうかギリギリまで迷ってたんだ。昨日の譲君の様子を見てたら、これ以上深入りされたくないんだろうなっていうのは伝わってきたし……すぐに東京に戻る自分が、会ってたった三日しか経ってない、一回り以上年下の男の子を相手に、何ができるのかもわからなかった。だけど、もうこの先ずっと譲君に会えないのかと思ったら……それは辛いと思った。認めようと思ったよ、譲君を好きになってることを。誰にも渡したくない。今度はちゃんと好きな人を幸せにしたい。一緒に幸せになりたいんだ」

三条の指が、顔を上げろと促すように譲の髪を撫でる。

泣きっぱなしの顔を間近でさらすのは気恥ずかしかったが、間近で交わす三条の瞳は愛しさに満ちている。嬉しくてずっとその顔を見ていたくて、目をそらせなかった。

三条は、譲の涙を親指で拭うと、手のひらを譲の後頭部に当てて、そっと引き寄せる。座っている三条より少しだけ背が高くなっている譲は、自然に身を屈《かが》めることになる。

次に何をされるか、想像すれば緊張するから何も考えないようにしたいのに、心は勝手に答えを出してふわりと色づく。

さらに近づく三条の顔を、最後までは恥ずかしくてとても見ていられなかった。ギュッと目をつぶったすぐあとに、唇が柔らかなものに覆われる。

流れる水音もそよぐ風も、すべてを感じているのに、時間が止まったような気がした。

初めは触れるだけだった唇が、何度も角度を変えるうち、徐々に深く侵食し始める。いつのまにか唇を割って口腔に入り込んできたぬるりとした物体の正体を考えるより、その動きに翻弄《ほんろう》されないようにするのが精一杯だった。

まるで虫歯を診察する歯科医のように、三条の舌は譲の口腔のあらゆるところを確認する。時々ざわりと背中に電流が走る場所があって、そのたび譲の体はビクリと震えた。まるでこの行為を嫌がっているようにもとられかねない動作をどうにか止めたいのに、三条はそういう場所ほどしつこく何度も触れてきた。

だんだん苦しくなって、息継ぎもおぼつかなくなっていく。そんな譲を可哀相に思ったのか、三条は最後、名残惜しげに小さく音を立てて離れていった。

ほっと息をつきながら、物足りなさを感じてしまう自分がとんでもなく欲深に思える。目が合って、どうしようもなく恥ずかしくなってしまったけれど、三条が嬉しそうに笑っているから、譲も思わず笑顔を返してしまう。

まさか、こんなふうに恋が叶う日が来るなんて、思わなかった。

死ぬまでたぶん、胸の内だけで燻《くすぶ》り続けるような恋しかできないだろうと、思うより強く信じていたから、今の状況がまるで夢のように思える。

ずいがんさまのご利益かもしれない。人に言えば笑われそうなことを本気で思って、感謝した。

最後だからと、結局車に積んだペットボトルを取りに戻り、もう一往復することにした。

五百ミリリットルのペットボトルが二本、たった一リットルだけしか汲めなかったけれど、三条はニコニコと楽しそうにしている。

その後は、車で周囲をぐるりと見て回ることにした。

どこの山の中でも普通に見られるだろう景色は、それでも譲にとってはやっぱり特別なもので、三条が楽しそうにしているのを見ることはとても嬉しいことだった。

車の中では、たくさん話した。急かされるような心地で次から次に話題を繰り出したのは、別れのときが刻一刻と近づいていることにお互い気づいていたからだろう。

「そろそろ出発するよ」

怖れていた言葉を三条が切り出したのは、午後三時を過ぎた頃だった。

一気に寂しさが押し寄せてきたけれど、仕方のないことだと懸命にこらえて頷く。

「あ、そうだ。水、何本か持って行きませんか?」

「え、いいの? おじいちゃんに怒られない?」

「怒らないですよ。水の管理は僕がしてるんで、たぶんじいちゃんは気にもしないです」

できるだけ明るく告げる。湿っぽくならないようにと、譲は懸命に話して笑顔を作る。悲しみに追いつかれないよう、必死だった。

「譲君のおじいちゃん、面白い人だね」

「……すいません、失礼なことばかり言って」

朝の会話のやり取りを思い出し、譲は顔をしかめて謝罪する。

「失礼なことなんて少しも言われてないよ。豪快で楽しい人じゃないか。俺、好きだな、ああいう人。筋が一本通ってる感じで」

三条は祖父の振る舞いを何も気にしていないようで、ほっとする。

豪快といえば聞こえがいいが、あれは傍若無人といったほうが近い。内心そう思いはしたけれど、祖父を褒められて嬉しくないわけがない。

「僕も好きです。時々腹は立つけど」

「新鮮だったよ、口喧嘩《くちげんか》する譲君」

三条は笑いながら、冗談めかした口調で告げる。…そうだ、子供じみた言い合いを見られていたんだった。

「あれは…じいちゃんはいつも僕のことからかって、それがなんかもう生き甲斐みたいな感じで、こっちがむきになると嬉しそうにするからますます腹が立ってくるんですけど、でも三条さんが怒ってないならもういいです」

動揺しながら言い訳しているうちに、なんだかわけのわからない言い分になっていく。

「怒ってないよ、全然。おじいちゃん、譲君のことが可愛くて仕方がないんだね。話してて、楽しかったよ」

…話してて？　何を話すというのだろう。…そういえば、三条が来てから譲が呼ばれるまで、けっこう間があった。その間に、話をしていたということか？　何を、と考えれば、話題は譲のことしかありえない。

「あの…祖父と何か話しましたか？」

「そうだね。譲君が下りてくるまでの間、少し」

「どんな話を…」

「ん？　んー……内緒」

三条は笑顔を浮かべながら、冗談めかした口調で告げた。

何を話していたのか、もっと強く聞きたいけれど、三条の口調はふざけながらもきっぱりしていて、それ以上話すつもりがないことを譲に教える。

どうしようか。もっと詳しく聞きたいけれど……。譲は、運転している三条の横顔をじっと見つめる。

譲にとって三条は、まるでテレビドラマの中からそのまま抜け出てきたような大人の男そのものといった感じで、ずいがんさまで初めて会ったとき、一目で恋に落ちていたのだと今ならわかる。けれどそれは、自覚できるほど強い想いではなかったのだろう。観光案内を申し出てしまった自分の行動を後悔したし、一緒に過ごしていても初めはうまく話せなかったりもした。

そんな譲に三条はいつも、年上らしい落ち着きと丁寧な物腰で接してくれた。少しずつ慣れていくうち、時折見せる幼さを可愛らしいと思ってしまったり、触れられるたびドキドキしたり。共に過ごした時間を振り返れば、あんなに優しくされて気遣われて楽しい時間を重ねてしまえば、想いが深まるのは必然のことだった。

「そんなに見つめられると照れるな」

不意に聞こえた三条の声に、はっと我に返る。

三条はもちろん視線は前に向けたままだったが、困ったような笑顔を浮かべていた。

「す…っ、すいません」

羞恥に、体中が熱くなる。思わず見とれていた。言い訳なんて思いつかなくて、謝罪するしかできない。

三条はそれには答えず、ハンドルから外した左手で、譲の頭をポンポンと軽く叩いた。

「譲君、免許、持ってたよね？　今度会うときは、譲君に運転してもらおうかな。そしたら俺も、ずっと譲君の顔を見てられる」

三条の口調は冗談めかしたものだったけれど、次に会う約束を当たり前のように口にしてくれたのが嬉しかった。

――ずっとこうしていたいとどんなに思っていても、それは叶わない。あっというまに家の前まで到着してしまった。

祖父に最後の挨拶をしようと車を降りかけた三条の腕を摑んで、譲はそれを引き留める。

祖父のことだから、絶対にからかわれるに決まっている。そういう譲の懸命さにほだされたのか、三条は笑いながら譲の頭を撫でると、シートに背を戻してくれた。

譲は三条にほっと笑顔を返し、ちょっと待っててくださいと車を降りた。家からペットボトルを四本両手で持って車に戻る。やっぱり予想通り部屋から祖父に声をかけられたけれど、生返事をしてやり過ごした。

小走りに車まで急ぎながら、別れが目前に迫っていることをひしひしと実感する。

三条は車を降りて、待ってくれていた。

「後ろに積んだほうがいいかも。座席だと転がって落ちると思うので。あ、床に置けば大丈夫か。でも汚いですよね。やっぱり後ろのほうが……」

ちょろちょろ動き回る譲の腕を、三条はそっと摑んで自分の目の前に立たせた。なんとなくいたたまれなくなって、思わず俯いてしまう。

「譲君、こっち見て」

三条の言葉に、顔を上げる。三条はすっと右手を差し出し、譲の左手を取った。

「また会いにくるよ。譲君も会いに来てくれたら嬉しいな」

三条は、つないだ指をギュッと握る。痛いほどに込められた力に、譲はようやく三条も寂しそうにしていることに気づいた。

「距離が不安になるのは仕方ないけど、気持ちは疑わないでいてくれないか？　それだけは変わらないって絶対に約束できるから」

静かな声で告げた真摯な言葉が、心に届く。

離れ離れになる現実を、好きだという事実一つで乗り越えられるのかどうか。不安じゃないといえばやっぱり嘘になるけれど、それでも今はお互いを信じるより他に術はない。

「僕も……僕の気持ちも信じててください。会いに行きます、絶対」

信じられると思った。信じてほしいとも思った。だから、これからのことを強い口調で言い切った。

この恋を続けていくために、頑張ることを誓うんだ。

強い決意を胸に、三条を見つめる。

三条は、譲の表情の変化に気づいたのだろう、安堵したような笑みを浮かべた。

つないでいた手をほどくと、三条は車に戻る。

バタンとドアを閉める音に、胸が締めつけられた。痛みに耐えながらそれでも懸命に笑顔を作り、譲は運転席の側へと回り込む。

「じゃあ。……本当ならキスでもしたいところだけど、さすがにやめておくよ。おじいちゃんに見られでもしたら大変だ」

窓を開けた三条は、冗談めかした口調で告げる。

最後まで明るくいようとしてくれる三条の気遣いに、譲は何も答えられずにただ笑うことしかできない。

短い沈黙が落ちた後、三条は気持ちを引き立たせるように一つ息をついた。

「よし、じゃあ行くか。……譲君、じゃあまた」

「はい、また」

さよならとは、お互い言わなかった。

笑顔のまま、三条は窓を閉める。譲は軽く手を挙げる。

小さく頷くように顎を引いた三条は、前を向いて車を発進させた。動き出した車に、思わず足を一歩踏み出してしまう。

見送る車から、三条の腕が伸びて、ひらひらと手を振るのが見える。譲も大きく手を振り返した。

泣きそうになったけれど、必死でこらえる。今泣くのは、さっきの誓いを台無しにしてしまうような気がした。

これで終わりなわけじゃない。また会える。会いに行く。

胸の内で繰り返しながら、譲は深呼吸する。晴れた空を見上げて、小さくよしと呟いた。

家に入ろう。祖父と買い物に行かなければ。帰ったらねほりはほり、何があったか聞かれそうだ。鬱陶しいことになるだろうなと思いながら、ちゃんと報告したいような気もした。

いやもちろん、すべてを教えるつもりはないけれど、心配をかけたし…ああでも、祖父のことだから散々からかってきそうだ。

気持ちを引き立てるように、できるだけ思考を明るいものにする。そうしなければ、泣き出してしまいそうだった。

譲は背を返して、家に向かって歩き始める。

これから始まる長い道のりを模すように力強い足取りで、真っすぐ前を見据えながら。

恋の在り処2

CHARADE BUNKO

気力を根こそぎ奪うような夏がようやく終わりに近づき始める九月。いまだに三十度を超える日も珍しくない。それでも、日中の蒸し暑さは少しずつ和らいでいる…ような気はするが気のせいかもしれない。

けれど建物の中にいれば、外の暑さを感じることはない。

週末の羽田《はねだ》空港は、午後九時を過ぎても、出発、到着、見送り、出迎えの人々でごった返している。中には、ショッピングや食事に来ているだけの人もいるだろう。巨大な建物の中にはさまざまな人気店が入居して、華やかな光を振り撒《ま》いていた。そこかしこから聞こえる人々の話し声や笑い声、雑多な音は活気となって、この空間を満たしている。

行き交う人の邪魔にならないよう柱の前に立ち、三条博幸《さんじようひろゆき》は真正面に見える到着口にじっと目を凝らしていた。空港内のアナウンスが目当ての機体の到着を告げてから約二十分、待っている男の姿はまだ見えない。

どうしたのかと心配になってくる。もしかしたら、違う到着口から出てしまっているかも。呼び出してもらうか。三条が歩き出しかけたそのとき、黒い大きなバッグを肩から斜めがけにした待ち人が、到着口からようやく現れた。

三条はほっと息をついて、片手を軽く上げる。

「譲君《ゆずる》」

名を呼ぶのとほぼ同時に三条を見つけた坂上譲《さかがみ》は、心細げだった表情を一変させ、笑顔を見せる。小走りにこちらへ駆けてくるその様は、まるで迷子の子供のような一途《いちず》さで、なんとも愛らしい。三条は頰《ほお》が緩みそうになるのを必死にこらえた。

向かい合わせに立つと、譲は真っすぐ見つめる三条の視線に気づいて、照れたように少し笑って俯《うつむ》いた。

目が合っていない分、三条は遠慮なく譲をじっと観察できた。

長めだった髪を切って、さっぱりしている。少し日焼けしている。細いのは相変わらずだが、体つきが引き締まって見える。

小さな変化をいくつか見つけながら、大きく変わったところはないはずなのに、以前よりずっとつやつやと輝いて見えるのが不思議だ。…そうか、譲はまだ十代の少年なのだと、いまだ成長過程にいる若さが眩《まぶ》しく思えた。

…おっさん臭いな。年の差をまったく気にしてないといえば嘘《うそ》になる。なんといっても、一回り以上年齢が違うのだ。三条は後ろめたさを振り払うように笑顔を作った。

「随分遅かったね。中で迷った？」

「すいません。荷物を受け取る場所を間違えて、戻ろうと思ったんですけどどこに行けばいいのかわからなくて、係員の人に案内してもらったりしてたら、遅くなっちゃって…」

譲は到着口を振り返りながら、早口に告げる。

「ああ、飛行機乗るの初めてだもんな、譲君。間違えても仕方ないよ」

「すいませんでした」

「怒ってないよ。心配しただけ」

申し訳なさそうにしている譲を安心させようと、軽く頭をポンポンと叩《たた》いた。

三条の言葉に、譲は少し照れたような笑顔を見せて目を伏せる。

「じゃあ、行こうか。ああ、その前に、中、少し見て行く？　いろんな店があってけっこう面白いよ？」

「あの、じいちゃんにお土産《みやげ》に買ってこいって言われてるお菓子が何個かあるんですけど、なんか調べたみたいで、全部羽田に売ってるお菓子だから面倒臭くないだろって」

譲は三条の言葉に慌てた様子でバッグから財布を取り出した。財布から紙を一枚抜き出し、広げる。

横から覗《のぞ》き込むと、ノートの一部分を切り取ったようなメモ紙に、店の名と商品名とが達筆な字で書かれている。譲の祖父の顔を思い出して、あのいかつい人がわざわざ調べたのかと微笑《ほほえ》ましい気分になった。

羽田空港内には、有名なスイーツショップがいくつも出店されている。メモに書かれた商品は三つ、そのうちの一つは三条も知っている、たまに会社の女性社員に差し入れていたプリンだった。

「これは賞味期限が短いから、帰りに買ったほうがいいんじゃないかな」

「そ…っ、そうなんですか」

顔を上げた譲は、三条と目が合った途端、言葉に詰まった。

そんなに驚かなくても…と思ってすぐ、そういえば、譲が視線を合わせてくれていないことに気づく。

「どうしたの?」

「え、何が」

「こっち見ないから」

「それはあの、そんなこと…あの、いや、なんか……緊張、して…」

あたふたとした声が、だんだんとか細くなる。

緊張してるのか。わかってみれば、それもそうかと安心する。なんといっても、久しぶりの逢瀬《おうせ》だ。もちろん三条だって、会う前は落ち着かなかった。空港に来たのだって、実は到着時間の三十分も前だったりする。

けれどずるい大人は、そんなことは打ち明けない。譲に向かって笑顔を返す。

「久しぶりだからね」

「はい。あとあの…スーツ着てるところ、初めて見たから、びっくりして」

「ああ…」

三条は、自分の姿をちらりと見下ろす。

仕事を終えてすぐ帰宅し車で空港まで来たのだが、気持ちが急《せ》いて着替えようとも思わなかった。サラリーマンである三条がスーツを着ているなんて当たり前のことなのだが。そういえば、譲がスーツ姿の三条を見るのは初めてだ。…そうか、緊張はこのせいもあるのか。相変わらずこちらを見てくれない譲を見ていたら、少しからかいたくなってきた。

「あんまり格好よくてびっくりした?」

「はい」

かけらのためらいも見せずに返ってきた言葉に、ズドンと胸を射抜かれる。譲は普段、自分の望みを抑えがちで遠慮ばかりしているくせに、なんでこう、三条を喜ばせる方向には素直なのだろう。

「…ありがとう」

返り討ちにあった気分だ。だけどやっぱり嬉《うれ》しさはこらえきれなくて、三条は笑顔で譲に礼を言う。

「でも、早く慣れてくれないと困るよ? 今日から三日間、ずっと一緒なんだから」

そう。五月の末に別れてから、毎日電話で話していたけれど、実際に顔を合わせるのは三カ月ぶりなのだ。本当ならもっと早く、三条が譲のところへ向かうなり、譲をこちらに呼び寄せるなりしたかったのだけれど、自分は転職したばかりで毎日仕事に忙しくてとてもそんな余裕はなかったたし、譲がアルバイトをしている運送会社も七月から八月にかけては一年で一番忙しい時期だということで、どうにも時間が取れなかったのだ。

それでも会いたい気持ちはお互い同じで、ようやく実現したのが今回の二泊三日の旅行だった。

生真面目《きまじめ》な譲は、三条の軽口にも緊張をほどく気配はなく、真剣な顔ではいと頷《うなず》いた。可愛《かわい》い。愛《いと》しい。早く部屋に連れ帰りたい。欲望がじわりと体の底から湧《わ》き上がる。

「よし、じゃあ、行こうか」

三条はそんな欲望があることなど微塵《みじん》も表に出さず、譲の背中をポンと叩いて手をおいた。久しぶりに触れる感触は、Tシャツ越しに体温までも容易《たやす》く伝える。譲にも、こちらの感触が伝わっているのかもしれない。背中に力がこもるのがわかった。

緊張しないでほしい。だけど、もっと意識もしてほしい。

会いたい強さも求める欲も、隠している分より大きいのは自分のほうなのだろう。こんなに夢中になるとは思わなかった。離れている間、想《おも》いは少しも色褪《いろあ》せず、さらに強まっている。

待ちかねていた、三日間の休暇が始まる。

三条は、表向きには穏やかに見えるだろう笑顔を譲に投げかけながら、出口に向かって歩き出した。

離婚を機に越した個人世帯者用マンションは、会社にほど近く、周囲にコンビニが三軒あり、最寄《もよ》り駅まで徒歩一分、セキュリティや防音もそれなりにしっかりしているという優良物件だ。といっても、引っ越し以来、部屋でゆっくりした記憶はほとんどない。

転職間もない三条は、午前七時半には出勤し、帰りは早くても八時、大抵は十時を過ぎて、日を跨《また》ぐことも珍しくなかった。部屋には寝るためだけに帰っているような状態なのだ。

転職のきっかけは他社からの誘い、要はヘッドハンティングというものだったのだが、それ自体は珍しい話ではない。三条だけでなく、誘われた経験がある同僚は何人かいたし、実際会社を移った者もいる。三条にも転職するまでに何度か話はあったのだが、当時は結婚していたこともあり、すべて断っていた。

しかし、離婚話が進んでいく中、女性社員の間では、三条の離婚の噂《うわさ》が広く出回っていたらしく（前の妻はもともと同じ会社に勤めていたので、噂になりやすかったのだろう）徐々に周囲が騒がしくなり始めた。突然恋愛相談を持ちかけられたり食事に誘われたり、ときには露骨に体の関係を迫られることもあった。

離婚理由が違うものであったなら、もしかしたらいくつかの誘いには乗っていたかもしれない。けれど、そのときの三条にとっては嫌悪しか感じないものだった。

周囲の環境を変えることを考え始めたときに大手商社から声をかけられ、これ幸いと飛びついた。離婚話も山場を越えたところだったから、タイミングもよかったのだ。

退職願を出した際慰留はされたが受理してもらい、残務整理をして、無事退職できたのが四月の終わり。離婚は、その少し前に決着がついていた。次の仕事はすでに決まっているのだから、本当なら五月の連休明けからでも出社すべきなのはわかっていたが、肉体的にも精神的にも限界だった。

離婚、引っ越しのため、あちこちに足を運び、あらゆる事務手続きをしつつ、抱えていた仕事の引き継ぎ、入社に伴う健康診断や仕事内容に関する会合をこなした。四月は、走り回っていた記憶しかない。

疲れを癒《いや》すため、入社まで一月ほど猶予をもらい、あてのない旅に出た。日本のあちこちを車で回り、最後に行き着いた場所で出会ったのが譲だった。

細く長い手足と、セットなど考えたこともなさそうな長めの黒い髪、着ている洋服はやぼったく、いかにも田舎《いなか》の少年そのものに見えた。どうしていいのかわからず立ち尽くしている姿が可哀相《かわいそう》に思えて、軽い気持ちで声をかけたのだが…。

――まさか今、こんなふうな関係になるだなんて、そのときは想像もしていなかった。

「はい、どうぞ。入って」

三条は玄関のドアを開けると片手で押さえ、振り向いた。

譲は目を大きく見開いてから頭を下げると、肩からかけたバッグのベルトをギュッと握る。恐る恐るといった足取りで歩を進めた。

「……お邪魔します」

小さな呟《つぶや》きは、怯《おび》えているようにも聞こえた。

また緊張し始めたのか。譲の動作に、三条は内心くすりと小さく笑う。

空港からマンションまでは車で一時間ほどかかったのだが、久しぶりの逢瀬の緊張を和らげるのにはちょうどいい時間だったらしい。初めは三条の問いに短く答えるだけだったのが、徐々に口数が増えて笑顔も自然なものになっていった。会えなかった間の出来事は日々の電話で報告し合っているけれど、細かなことまでは話さなかったり、長くなりそうだったら途中を端折《はしょ》ったりすることもある。けれど顔を合わせて話ができるなら、そんなことはしなくて済む。時間はたっぷりあるのだし、何よりどんな話をされても新鮮に感じた。

そんなふうに、せっかくリラックスした雰囲気になっていたのに、マンションの地下駐車場に到着した途端、また言葉数が少なくなった。

結局譲は三条が靴を脱ぐまで玄関に突っ立ったままだったのだが、三条はそれ以上促すことはせず、先に靴を脱ぐ。それに倣ってようやく、譲もあとに続いた。

右にトイレとバスルーム、左に寝室と、後ろをついてくる譲に説明しながら、奥のリビングに向かう。

リビングに入って明かりをつけると、譲は小さく息を漏らした。

「…広いですね」

「そう？　荷物がないから広く見えるんじゃないかな」

十二畳のリビングの奥にはベランダに続く窓、部屋の中にあるのはテレビが乗ったテレビ台にソファーとテーブルだけなので、がらんとして見える。四月の末に引っ越して、すぐに一月旅行に出て、戻った途端仕事仕事で、インテリアに気を回す余裕はなかったのだ。

「座って。何か飲み物…ウーロン茶とオレンジジュースがあるけど、どっちにする？」

三条は譲の肩をソファーへと押し出し、キッチンへ向かう。

「あ、すいません、じゃあ…ウーロン茶で」

「うん。…ほら、荷物下ろして」

リビングと一続きになっているキッチンから、声をかける。譲は三条の言葉に慌ててバッグを肩から外す。両手でバッグを抱える姿はまるでそれに縋《すが》っているようにも見えて、なんとも可愛らしい。

最低限の食器しか入っていない食器棚もリビングの状態と同じで、がらんとしている。三条は、食器棚から薄く紫がかったグラスを二つ、冷蔵庫からはウーロン茶が入ったペットボトルを取り出した。

時計はもう午後十時を過ぎている。…本当ならあれやこれやいろいろしたいことはあったのだが、譲は少し疲れているようだし、腹は減っていないと言っていたし、このまま風呂《ふろ》に入って、寝たほうがいいかもしれない。少し残念だが、明日も明後日《あさって》も一緒にいられるのだから、急がなくてもいいだろう。ベッドは一つしかないので同じベッドに眠ることになるが、まあがっつくような年でもないし…いや、ソファーに寝たほうがいいか。けれどそんなことをすれば、譲が気にしそうだ。

どうしようかと頭の中で考えながら、ウーロン茶を入れたグラスを二つ持ち、リビングに戻る。テーブルにおいた後、譲に両手を差し出した。

「ほら、バッグ。座って」

「はい。すいません」

促されるまま、譲は三条にバッグを手渡した。

持った途端、そのバッグの重さに驚いてしまう。

「随分重いね。何が入ってるの？」

「あ、あの、お土産が…」

譲は三条からもう一度バッグを受け取り床に下ろすと、ファスナーを開けた。

「お土産はいらないよって言っただろう？」

三条は旅費をすべて負担するつもりでいたのだが、譲は頑《かたく》なに自分で出すと言い張った。

宿泊はもちろん三条の部屋と決まっていたので、旅費ぐらいは自分で出したいんですと言われれば、それ以上無理強いすることもできない。せめて、お土産はいらないと、譲がするだろう気遣いを先回りして断っておいたのだが…。

「はい、それはあのそうなんですけど…でもこれぐらいはいいかなって…」

ゴソゴソと取り出したのは、白いビニール袋で、その形を見てすぐ、中身が何か知れた。三条は、床にしゃがみ込む譲の向かいに膝《ひざ》をついた。

「…わざわざ持ってきてくれたの？」

「いえ、あの、うちにあったやつなんで…あ、今日の朝に汲《く》んできたものなので、古いとかじゃないですよ？　それに二本だけしかないので、そんなお土産っていうほどたいしたものじゃないんですけど…」

譲は早口で言いながら、ビニール袋の結び目をほどく。中から現れたのは、水の入ったペットボトルだ。

どこの水を汲んできたのか、聞かなくてもわかる。

「ずいがんさまの水か」

譲と初めて出会った場所。脳裏に、鬱蒼《うっそう》と茂る木々と水の流れる音、冷たい水に触れる感触までもがまざまざと蘇《よみがえ》る。

二本だけといっても、重かっただろう。たぶん譲は、水だなんてどこでも買えると思いながらも、三条のためにわざわざ持ってきてくれたのだ。その気持ちが嬉しい。

「ありがとう」

腕を伸ばして、譲の髪をそっと撫《な》でる。

顔を上げた譲が、恥ずかしそうに笑う。その後すぐ、はっと思い出したようにバッグを背中側に移動させ、そのまま背を向ける。どうしたのかと訝《いぶか》しく思っていると、また正面に向き直った…のはいいのだが、なんでか譲は座り直して正座する。

「あの、誕生日、おめでとうございます」

譲はそう言いながら、青い包装紙に包まれた小さなリボンつきの細長い箱を両手で持って、三条に差し出した。

「…これはお土産じゃないから、いいですよね？」

戸惑った顔をしている三条の様子を窺《うかが》うように、譲は心配顔で問う。

確かに今回の旅行をこの日付にしたのは、三条の三十四歳の誕生日を祝うためだ。譲の誕生日はすでに過ぎてしまっていたので、今年二人で祝えるのは、三条の誕生日しかない。この年になれば、自分の誕生日にたいして興味もないのだが、譲に会える理由にできるのなら利用するのに躊躇《ちゆうちよ》はない。もちろん譲は、純粋に三条の誕生日を祝おうとしてくれている。その想いは十分伝わるのだが…。

「……譲君、そういうのは当日に渡したほうがいいんじゃないかな」

差し出されたプレゼントを受け取りながら、三条は告げた。——そう。三条の誕生日は今日ではなく、明日なのだ。

「え、あ、そうか。でも早く渡さなきゃと思って…」

はっとしたように三条を見返す譲の表情が、どんどん暗くなっていく。

恋人の誕生日を祝おうだなんて、譲にとって初めての経験だということは知っている。なんとか三条に喜んでもらいたいと思っていたのだろう。

プレゼントは何にしようか、プレゼントを出すタイミングはいつなのか、喜んだ顔が見たい早く見たい。

そんな感じで、フライングしてしまったのだろう。たぶん今は失敗したと落ち込んでいる。

愛しさが、胸の内に満ちて溢《あふ》れる。心臓が、鷲摑《わしづか》みにされるように痛んだ。優しくしたい。大切にしたい。一緒に幸せになりたい。——すべてを分かち合い、混じり合いたい。

「嬉しいよ。ありがとう」

三条の言葉に、譲は少しだけ浮上したようだが、表情はまだ冴《さ》えない。

「本当に嬉しいんだよ？　……なんて駄目な大人だって、我ながら思うぐらい」

言葉の意味がわからないのだろう、譲は不思議そうに三条を見つめ返す。

可愛いな、と心底思った。三条は譲の頰へ手を伸ばす。触れた瞬間、譲は目を見開いた。見る見る顔が真っ赤になっていく。けれど、逃げない。後ろに身を引きもしない。三条の指は頰から口元を辿《たど》り、柔らかな唇をそっとなぞった。

「今日はもう遅いし、疲れてるだろうから何もしないでおこうと思ってたんだけど…ちょっと我慢できなさそうだ」

露骨な欲望を、できるだけ柔らかな言葉を使って伝える。

譲の頬が、さらに熱くなる。それでも、三条から視線をそらすことはなかった。

「いい？」

「……あの、あの…シャワー借りてもいいですか？」

短い間をおいてから、譲は恐る恐るといったような口調で告げる。

この旅行を決めた時点で、次に来る行為を覚悟していたとは思うが、断られなかったことにほっとした。

三条は頷きながら立ち上がり、片手にプレゼントを持ったまま、もう片方の手で譲と手をつなぐ。

ギュッと握り返してくる指の力に譲の緊張が伝わってくるけれど、先延ばしにできる余裕はすでになかった。


小さな明かりだけを点《とも》した寝室のベッドの上で、三条の唇が譲の肌に吸いつくたび、吐息混じりの抑えた声が繰り返し譲の唇からこぼれる。

小さな乳首を指の腹で転がした。もう片方の乳首を舌ですくって左右に揺らす。軽く噛《か》みながら、手のひらで胸元から脇腹《わきばら》を撫でさすりながら、下腹部に移動させていく。腿《もも》のつけ根から中心に向かおうとしたとき、譲の体がビクリと震えた。

三条は胸元から顔を上げて、譲の頬に宥《なだ》めるようなキスをする。

薄暗い部屋の中は互いの姿をあらわにすることはないが、どんな表情をしているのかは窺えた。

潤んだ瞳《ひとみ》が宙を泳ぎ、時折眇《すが》められる。行為が始まってからずっと譲は不安そうにしている。…いや、その前からか。シャワーの前に、一緒に入ろうかと軽口を叩いた三条に、顔を赤くするどころか引きつらせ、無言のまま何度も首を横に振ると逃げるようにバスルームへ消えて行った。緊張するのはわかるが、これだとまるで無理強いしているような気分にさせられる。

三条は一つ息をついて、体を起こした。

どうしたのかと戸惑ったように三条を見上げる譲の腕を取り、体を起き上がらせる。

譲は三条が用意したバスローブを羽織っていたのだが、すでに腰に巻きつくだけになっていた。

こちらの様子を窺う譲の表情があんまり頼りないもので、罪悪感が込み上げてくる。

「……怖い?」

三条は、譲の頬にそっと触れながら問う。譲は表情を硬くしたまま、一瞬間をおいて首を横に振った。

「嫌じゃない？」

今度はすぐに、強く何度も横に振る。

「そうか。…ならいいけど」

三条は、小さく息をついて、譲の肩に額を乗せた。

あまりに急ぎすぎただろうか。すぐにでも先に進みたい気持ちは今でもあるが、譲を怯えさせたいわけじゃない。できるだけ優しくしているつもりなのだが…。

そのとき不意に、二の腕あたりをギュッと摑まれた。

突然の痛みに驚いて、顔を上げる。

「あっ、す…すいません」

顔を歪《ゆが》ませていたのだろう三条の表情に、譲は慌てて摑んでいた腕を離した。

「すいません、あの、痛くしようとかそういうつもりじゃなくて…あの、本当に嫌じゃないんです。ただ僕、こういうときどういう顔すればいいのかわからなくて、なんか変な声とか出そうになるし、三条さんに任せっぱなしにしていいのかなとかいろいろ考えちゃって。あの、何かしたほうがいいことがあるなら、僕頑張りますから、教えてもらえますか？」

焦ったように言い募る譲の表情は、必死という以外に当てはまる単語がないようなものだった。

その様子に、笑ってしまうより納得した。

――そうだ。譲はいつでも素直で真面目で、一度覚悟を決めたらひるまないし、相手に対して何かできることはないかと一生懸命考え続ける子なんだった。

そういうところを好きになったんだった。

「頑張ってくれるんだ？」

「はい」

三条の確認に、譲は真剣な顔をして頷く。

「でも、今も頑張ってただろう？」

「…できる限りは」

「声出さないようにとか？」

「はい」

「じゃあ頑張らなくていいよ」

「え？」

思いもよらない三条の言葉に、譲は目を丸くした。

「だって、声聞きたいから。何もしなくていいよ。我慢したりこらえたりしないでいてくれれば、それで十分」

そう言いながら、譲の腰に巻きついたバスローブをそっとまさぐり、手を差し込む。

「あの、でも…っ！」

譲の声が上ずって、急激に顔が赤くなっていくのが見て取れる。慌てふためく譲の様をじっと見つめながら、三条はそれでも指の動きを止めなかった。

譲の太腿を撫でている手のひらが、熱くなっていく。足のつけ根から股《また》の間に指を這《は》わせ、まだ身につけたままの下着の上に手のひらをおいた。そっと力を込めながら、ギュッギュッと優しく揉《も》んでみる。

次の瞬間、譲は腰を後ろに引いて逃げようとする。それと同時に、喉《のど》の奥から飛び出たような甲高い声を上げた。

「んん…っ！」

「我慢しないで」

三条は身を乗り出して、譲の頬にキスをした。

「でも…っ、あの、てっ、手動かさないで…っ」

手のひらに包んだ譲のものが、どんどん芯《しん》を持ち始める。力を込めたり緩めたりをしながら、じっと譲を見つめる。

三条を見返す譲の瞳は、今にも泣き出しそうに切羽詰まったものだった。

可愛いな、と思った。指の動きを止めないまま、身を乗り出して唇を塞《ふさ》ぐ。手の中のものははっきりと起ち上がっていた。下着の中に手を差し込んで、直接握り込む。

「は…っ、う、あっ、ん、ん、んん…っ！」

三条の指の動きに合わせて、譲の細かな喘《あえ》ぎが重ねた唇の間からこぼれる。いい声だ、と思いつつ、三条は譲の口腔《こうこう》を好き勝手に舐《な》め回していると、譲のものがあっというまに限界を迎えて、手の中ではじけた。

ぐったりと譲の体の力が抜ける。ベッドに倒れ込みそうになったのを、素早く腕を引いて引き止めた。三条の胸元にもたれかかる譲の頭頂部にキスをする。

「ん…っ、あ…、もう、手…っ、手、離してくださ…っ」

「ん？　もう一回いけそう。ほら、また硬くなってる」

三条は、たった今はじけたばかりのものにもう一度指を絡めて上下に扱《しご》いた。体を引こうとする譲の背中に腕を回し、逃げられないようにしてしまう。

「顔見せて、譲君」

「あ…っ、三条さ…っ！　手、動かさないでください、あっ、あ…っ！」

「可愛い。…すごく可愛い、譲君。気持ちいい…？　もっと声出して」

譲は三条の胸元に顔を埋《うず》めて、いやいやするように頭を左右に振る。それがまた可愛くて、さらに指の動きを速くした。

「んっ、んっ、あ…、も…三条さ…、もう…っ」

譲の体が、痙攣《けいれん》するようにビクビク震えた。二度目ということもあり、さっきより少し時間はかかったが、それでもたいして長くはもたず、三条の手の中に熱を吐き出す。

三条は、譲の髪を撫でながらその首筋に手のひらを当てて、力を込める。その動作に促されるように、譲は顔を上げた。

譲の瞳が、苦しそうに縋るように三条を見上げる。

…やりすぎたか？　ついさっき反省したばかりなのに、まるっと忘れて暴走してしまった。まるで盛りのついた十代のようながっつきように、我ながら情けなくなる。でも、譲が可愛いのがいけないと、実際のところあまり後悔はしていなかった。

「すいません、僕ばっかり…あの、次は僕がします」

力のない声は、二度も立て続けにいかされたからだろう。譲は三条の胸元に手をついて少しだけ距離をとると、三条の下半身に手を伸ばす。

「譲君？」

何をしようとしてるのか、その行動に驚いて、三条は思わず譲の手を摑んでしまう。その手から、白い粘り気のある液体がこぼれた。

「あー…」

「ああっ！」

思わず二人同時に声を上げる。

譲の手首を摑んだのは、ついさっきまで譲のものを摑んでいた指で…となったら、結果はわかりきっている。白いそれが、譲の手首にべっとりついた。

「すいません、こんな汚して……ああっ、すいません！」

譲は自分のバスローブで三条の手のひらを拭《ぬぐ》ってすぐ、それが自分のものではないと思い出したらしい。

いやむしろ、謝るべきなのはこっちのほうじゃ…。駄目だ。一応こらえたのだが、結局吹き出してしまう。可愛い。愛しい。

「気にしなくていいよ。洗えばいいんだから」

譲の頭をポンポン撫でたのは、もちろん汚れていないほうの手だ。

「疲れただろう、二回立て続けだったから」

三条の言葉に、譲の頬にさっと朱が差した。

「……僕ばっかりすいません。あの、次は僕が」

またこちらに伸ばそうとする譲の腕を掴んだまま、三条は身を乗り出す。そのまま体重をかけて、シーツの上に押し倒した。

突然の三条の行動に驚く譲の顔の両脇に手をついて、触れるだけのキスをする。何度か繰り返したあとに、にっこり笑って見下ろした。

「俺も気持ちよくしてくれるんだ？」

「…はい」

譲は戸惑いながらも、深く頷いた。

「そう言ってくれると嬉しいよ。…疲れてるのに申し訳ないとは思うんだけど、じゃあもう少し付き合ってもらっていいかな？」

正直、譲に触れられて長くもつとは思えない。下手に出ながら本音をごまかすのは大人のずるさなのだけれど、素直な譲にそれを見抜けるほどの疑り深さがないことも知っている。

コックリ頷く譲の頬に、感謝を込めて口づけた。

首筋から肩のライン、胸元の尖《とが》りを、指と舌を使って丁寧に愛撫《あいぶ》する。若い譲の体はほんの少しの刺激でもすぐに鎌首をもたげるが、今度はそう簡単にいかせるわけにはいかない。前には触れないまま、三条を受け入れる後ろの部分にそっと触れてみる。譲は一瞬体をこわばらせたが、小さく息を吐いた後徐々に体の力を抜いた。

三条は、用意しておいた潤滑剤だけでなく、自分の舌と指を使って、念入りにそこをほぐす。足を持ち上げられた譲は何をされるのか察して嫌がりはしたけれど、必要なことなんだと三条が真顔で告げたら、それ以上強く抵抗はしなかった。

指や舌を抜き差ししている間中、譲は時折短い息をつきながら、異物感に耐えているようだった。なんとか少しでも楽にさせたくて、前立腺《ぜんりつせん》の場所を探す。慎重に中を探っていると、一カ所、譲の反応が変わる場所を見つけた。そっと押してみると体をびくつかせ、撫でるように擦《こす》ってみると鼻にかかったような声を上げた。後ろをいじり出してから萎《しお》れていた譲のものが、また少しずつ熱を持ち始める。前立腺を擦りながら中を広げながら、暴走しそうになる自分を必死に抑えながら、ようやくそこが三条を受け入れる準備ができたのは、その行為を始めて三十分以上経《た》ってからだった。

枕《まくら》を譲の腰の下におき、位置を高くする。三条は自分の肩に、譲の両足をかける。

「いくよ」

後ろからしたほうが楽だと譲には言ったのだが、顔が見えないのは嫌だと言われた。譲が自分の意思を伝えることはそう多くない。苦しい思いをさせるとはわかっていたけれど、その意思を尊重したかった。

先端を押し込むと、押し返すような強い反発を感じる。それでもぐっと力を込めると、めり込むように先へ進めた。

「ん…っ」

「ごめん、ゆっくりするから」

「だい、じょうぶです」

できるだけ中を傷つけないよう、じわじわと道を割り開いていく。かなり時間をかけて、ようやくすべてを中に収めた。

「…入ったよ」

ほっと息をついて教えると、譲はギュッと閉じていた目を開けて、笑った。満足そうに微笑んだ。

「……よかった」

その瞬間、なんでか泣きそうになった。

心をつないだ相手と体もつなげたことが嬉しい。譲が幸せそうにしているのが嬉しい。セックスの最中でそんなふうに思ったことなんて、これまで一度もなかった。

「動いて、いいですよ?」

じっと身動きしない三条を遠慮していると思ったのか、譲は笑顔のままけなげに告げる。

抱きしめたい。けれど、これ以上苦しい体勢はとらせたくない。それでもせめてこれぐらいはと、シーツの上に投げ出していた譲の左手に右手を重ねた。

指と指をしっかり組み合わせ、三条はゆっくりと腰に力を込めて動き始めた。

「ん…っ」

小さく息を漏らす譲の声はやっぱり少し苦しげで、なんとか少しは感じさせたいと譲の前にも指を絡ませる。中をほぐしていたときに見つけた譲が声を上げた場所も、慎重に擦ってみた。

「は…あぁ…っ、んっ」

声に甘さが混ざるにつれて、中のきつさが緩んでいく。三条のものがうねるように包み込まれ、その刺激に思わず小さく呻《うめ》いてしまう。譲のものを扱きながら、少しずつ腰の動きを

速くする。どんどん肌が汗ばみ、互いの呼吸が荒くなる。快感が、一足飛びに膨らんでいった。あっというまに、限界が目の前に突きつけられる。

「んっ、んっ、あ、あ、うっ、ん…っ、」

「は…っ、うっ」

ぐっと腰を押しつけるのと同時に、手の中の譲のものがはじけた。三条も少し遅れて、熱を放射する。もちろんゴムはつけているが、感覚的には譲の中に撒き散らしたような勢いを感じた。

三条は譲の中からそっと自分のものを抜き出すと、抱え上げていた足を下ろし、譲の横に倒れ込む。

息が荒いのは二人とも同じで、その必死さははたから見れば滑稽《こっけい》なものなのかもしれない。けれど、とても満足している。それは譲も同じだったらしく、視線を横に向けると、少し疲れた、それでも柔らかな笑顔で三条を見ている。

「…しちゃいましたね」

冗談めかした口調で言いながら、少し瞳が潤んでいる。

「しちゃいましたね」

同じ言葉を返すと、ふふと二人で含み笑いをしてしまう。それからふと、譲は顔つきを真剣なものに変えた。

「誕生日、おめでとうございます」

ベッドヘッドの時計を見ると、すでに午前零時を回っていた。

そういえば、プレゼントを寝室にまで持ってきてたんだった。三条は起き上がり、ベッドヘッドに置いておいた四角い箱を手に取る。

「開けていい？」

譲に聞くと、手の甲で目元を隠しながら頷いた。

テープと包装紙を丁寧にはがす。中から出てきたのは、有名ブランドのネクタイだった。柄は紺とグレーのストライプで、どんなスーツにも合わせやすそうなものだった。

ネクタイから譲に視線を移すと、三条の反応が気になったのだろう、心配そうにこちらを見ている瞳と目が合った。

「ありがとう。…最高の誕生日だよ」

三条は、腕を伸ばして譲の頭を撫でた。ネクタイの入った箱をベッドヘッドに戻し、譲をきつく抱き締める。

譲は腕の中から恥ずかしそうに、けれど嬉しそうな笑みを浮かべて三条を見上げる。

こんなに幸せな日が来るなんて。ほんの数カ月前までの日々を思い返せば、とてもじゃないが信じられない。

これまでのすべての不幸も悲しみも、すべてを癒せるほどに幸せだと心底思った。

そう信じていた。

翌朝、先に目覚めたのは三条だった。といっても時計は午前十時を回っていて、早起きとはとても言えない時間だったけれど、土曜の朝ならこんなものだ。

隣で眠る譲を起こさないよう、そっとベッドを下りる。ベッドヘッドに置いておいた四角い箱を手に持って、部屋を出る。

リビングに入って、携帯をチェックした。仕事関連のメールに返信して、何件か電話もかける。転職して以来、働き詰めだった三条にとって、この土日は久しぶりの連休で、おまけに恋人が会いに来てくれているのだ。せめてこの二日間は問題なく休めるよう、極力仕事は調整したのだが、何かあったら出社せざるを得ない。

最後の電話を切って、ほっとする。今のところ、急ぎの用件はないようだ。ソファーに腰掛け、手に持っていた箱を開ける。中からネクタイを取り出し、箱をテーブルにおいた。

スタンダードな柄だ。似たようなものは、二、三本持っている。けれどこれは、宝物になるだろう。

目の前に掲げると、知らず顔がにやけてしまう。…とりあえず、一度つけてみようか。譲も自分がプレゼントしたものを三条が身につけているところを見たいだろうし…。

そこまで考えてふと、昨夜《ゆうべ》の記憶が蘇る。

——あの後、疲れきっているくせにシーツやバスローブを汚したことを思い出し気にする譲を宥めながら、事後の甘い空気も利用して、一緒にシャワーを浴びることに成功した。パジャマに着替えた頃にはすでに譲の目はとろんと眠そうで、手早く替えたシーツに体を横たえるとすぐ寝入ってしまった。それはまるで子供がことんと眠りにつくような素早さで、目を閉じる寸前まで譲は笑顔のままだった。

言葉だけでなく、態度で、視線で、愛されているのだと確信できる。これほど無防備に愛を伝えられた経験なんて今までなくて——

突然そこで、思考が断ち切られる。昨夜の記憶が途切れて、代わりに差し込まれた映像が、感触までも伴って一瞬でよみがえる。

小さな紅葉《もみじ》のような手の柔らかさや、耳元で内緒話をされたときのくすぐったさ、甲高い声で駆け寄ってきた小さな体を軽々と抱き上げた。

ほんの数カ月前まで当たり前にあった日常の光景に、思考だけでなく体までもが硬直した。じわりと背中に汗をかく。

まるで悪夢のような、けれどそう言い切るには断ち切り難い情が、今も根強く胸の奥底に眠っている。揺り起こしさえしなければ忘れていられるのに、時折不意に頭を過《よぎ》ることがある。三条は、その映像を振り払うことに集中した。

だから、リビングのドアが開いたことにも気づかなかった。

「…おはようございます」

突然聞こえてきた声に、ビクリと体を震わせる。はっとドアを見返ると、そこには譲が立っていた。

譲が着ている淡いグリーンのパジャマは、三条が用意していたものだ。それだけじゃなく、昨夜譲が着ていたバスローブも洗面所に出しておいたタオルも歯ブラシも、この旅行が決まってすぐ、仕事の合間を縫って買い揃《そろ》えたものだった。ちなみに昨日ウーロン茶を入れた薄く紫がかったグラスも、先週買い込んだ薩摩《さつま》切子のペアグラスだったりする。

「どうしたんですか?」

挨拶《あいさつ》を返すのが遅れたせいで、譲は怪訝《けげん》そうな表情を浮かべながら三条を見つめる。

「いや、なんでもないよ。おはよう。よく眠れた?」

三条はテーブルにネクタイを置いて立ち上がり、譲のほうへ歩を進める。

「はい。すいません、寝坊して…」

「俺もついさっき起きたばかりだから、気にしないで。…譲君のほうが疲れてるんだから、仕方ないよ」

三条は、昨夜のことを持ち出して冗談めかした口調で告げる。その言わんとするところは正確に伝わったようで、途端に譲の顔が真っ赤になった。

「もう…もう元気です」

三条は腕を伸ばして、譲の髪をくしゃりと撫でた。

「そうか。じゃあ今夜も楽しみだ」

笑顔でするりと返すと、譲の頬がますます赤くなって、なんとも可愛らしい。心がふわりと温かくなる。譲の髪を撫でていた腕に力を込めて、引き寄せる。腕の中に閉じ込めて、ギュッと抱き締めた。

「……三条さん、どうしたんですか？」

不意の抱擁に、譲は戸惑いながらも三条の背中に腕を回してくれる。

——大丈夫。もう大丈夫だ。

内心呟きながら、譲をきつく抱き締めた。


丸一日一緒にいられるのは旅行二日目の今日だけで、この日は譲と二人、部屋から一歩も出ずに過ごそうと前々から決めていた。

本当なら三条自身がそうしてもらったように、観光案内するべきだったのかもしれない。実際、譲がこちらへ来ることが決まってから、いろいろ行き先を考えてはみたのだ。けれどよく考えてみれば、土日は大抵の人にとっても休日で、どこに行ったたって人人人で溢れている。それに、外に出ればどうしたって人目を気にして——特に譲は、思うように振る舞えないだろう。

三条にとっては、どこに行くより何をするより、譲に会って話して思う存分触れ合うことのほうが重要で、滅多に会えないからこそ、二人だけの時間を大切にしたかった。

その想いを譲に伝えると、譲も同じように思っていたらしく、電話口の向こうで声をはずませて同意した。

ということで、遅い朝食兼早い昼食は、譲の希望で宅配ピザを注文することにした。譲が住む地域は宅配ピザの配達エリアに含まれていないらしい。久しぶりに食べますと嬉しそうに笑い、どれを注文するか真剣に悩んでいる譲は大層可愛らしかった。結局Mサイズを二枚とポテトを頼んだのだが、そのうちの三分の二は譲の腹の中に納まった。細身なのに案外食べるなと思ったが、譲はまだ食べ盛りと言っていい年齢だ。それに、昨日の運動量を考えれば、そりゃ腹も減るだろう。言葉にすれば譲がうろたえることはわかっていたので、内心一人納得する。

ピザを食べながら、譲が持ってきてくれたずいがんさまの水を二人で飲んで、顔を見合わせニッコリ笑う。なんとも甘く幸せな時間だった。

後片づけは僕がしますとキッチンに入った譲は、手際よく洗い物を済ませる。その慣れた手つきに感心していると、何か言いたげにこちらを見てくるからどうしたのかと問えば、言葉を濁して答えない。それでも漏らした言葉の切れ端をつなぎ合わせれば、答えは容易く導き出せた。要するに、水回りがあまりに綺麗《きれい》なので、誰かが来て掃除をしているんじゃないかと疑っていたらしい。浮気を疑われていたのかと、思わず爆笑してしまった。三条はスカスカの食器棚と冷蔵庫を譲に見せて、綺麗なのは単純に使っていないからだよと説明する。あたふたと恐縮する譲の頭を撫でながら、実は少し嬉しかった。

　今までの譲ならたぶん、言い争いの種になりそうなことなら、どんなに不快に思ってもけして表に出そうとはしなかっただろう。なのに、内心のつかえを隠しきれなかったということは、譲にとって、それだけ三条は特別な存在だということだ。

　そして感情を隠しきれないのは三条も同じで、なんでそんなに嬉しそうにしてるんですか、と不思議そうな譲に問われ、慌てて口元を引き締める。

　目が合えば笑い合い、ほんの少しの沈黙の隙間《すきま》にキスをした。初めはそのたび顔を真っ赤にしていた譲も、回数を重ねるごとに慣れていく。体のどこかに絶えず触れながら時を過ごせばいつしか空気は滴るように甘くなり、日暮れ前には互いの服を脱がせ合っていた。

　まるで世界に二人だけのような気分で始まったセックスは、譲にとって羞恥《しゅうち》を忘れさせるものだったらしい。されるばかりでいるのを嫌がって、自ら積極的にすべてをこなそうとした。受け入れる側の負担を考えて、今日は挿入まではしないでおこうと思ったのに、その一途さに煽《あお》られて、結局我慢できなくなった。

　快楽のためだけではなく、愛されていること、愛していることを体を使って伝え合う。そんなセックスがあることを、この夜、初めて知った。

このままずっとこうしていられればいいのに。

青臭いことを本気で願いながら、腕の中に眠る譲を起こさないようそっと抱きしめる。

——恋人というものがこれほど愛しい存在に成り得るのだと、譲との恋で初めて知った。

恋愛なら今まで何度もしてきたけれど、それを感情の濃淡で表せば淡いものばかりで、後々尾を引くような恋はほとんどなかったように思う。

…ああ、一度だけあったか。ふと、以前好きになった男のことを思い出す。

会社の後輩で、真面目でお人好《ひとよ》しなヤツだった。あの当時はまだ同性も恋愛対称になる自分を受け入れられなくて覚悟を決めきらないうちに、他の男に掻《か》っ攫《さら》われてしまった。失恋後の三条の私生活は、落ち着いているとはとても言えないものだった。

来るものは拒まず去るものは追わず、相性、利点を計算しながら、互いの都合がいいときだけ楽しく過ごす。

いつしかそれが、大人の恋愛なのだと思うようになっていた。感情だけで恋が始まるのは、若いうちだけだと。

その考えを、百パーセント否定するつもりは今でもない。歳《とし》を取るごと、しがらみも世間体も責任も肩にのしかかってくる。感情だけで突っ走れなくはなってくる。大人の分別は必要だ。

けれど譲と出会ってから、その考えを馬鹿らしく思えるようになってきたのも事実だ。

同性で、一回り以上年下、おまけに初めから遠距離恋愛が確定している相手と恋愛だなんて、以前の三条では考えられなかった。それでもどうしても、と思った。理屈ではなく感情で、譲を欲しいと思ってしまった。正直あのとき、大人の分別など少しも頭になかった。ただただ、このまま終わりにだけはしたくないとだけ強く思った。譲の田舎で過ごした最後の日、三条が行動しなければ、始まらなかった恋ではあるだろう。

それを後悔したことなど一度もないが、譲はどうなのだろう。

腕の中で眠る譲の寝顔をじっと見つめる。

譲は三条のことを「非の打ち所のない大人」だとたぶん思っている。

三条自身、離婚のゴタゴタを経験するまでは、何事も卒なくこなせる自信があった。大きな挫折《ざせつ》と呼べるものはなく、たった一度の失恋が思い通りにいかなかった唯一のことで、それ以外ではたいした不満もなくうまく人生が進んでいると思っていた。

結局それはただの思い上がりでしかなかったけれど。

自分の力や意思だけではどうにもならないことが世の中にはあって、それを知るうちに、自分の弱さや狡《ずる》さを目の前に突きつけられた。

それでも、譲が望むなら、完璧《かんぺき》な大人でいたいと思う。譲が辛《つら》いとき、苦しいとき、躊躇せずに頼ってくれるような、強い自分でいたいと願う。

…まるで少年のような青臭さだ。ふと我に返って気恥ずかしくなるけれど、本気でそう思っているのだから仕方がない。

健《すこ》やかな寝息を立てる譲の額に、起こさないようそっと口づける。

ひとつの恋をふたりで育んでいけることは、この上なく幸せなことだった。

示し合わせたわけでもないのに、最後の朝は二人とも前日より二時間以上早起きした。

譲が乗る飛行機の出発時間は、午後七時半。一時間でも十分でも、一緒にいられる時間を長くしたい。言葉にしなくても、想いは同じだった。

朝食は、徒歩一分のところにあるコンビニまで二人で買いに行き、あまり会話もなく済ませる。といっても沈黙は気まずいものではなく、前夜の熱を引きずっているような心地《ここち》よいものだった。

それでも一抹の寂しさはやっぱりあって、何時にこの部屋を出発するか決めておいたほうがいいとわかっていても、その類《たぐい》のことは口にできなかった。

けれどどんなに考えないようにしても、時間はどんどん進んでいく。

午後三時を過ぎてから、その話題を切り出したのは、三条のほうだった。

「そろそろ出発しようか。おじいさんのお土産、買わないと」

ここから空港までは、約一時間。今日は日曜なので、行楽帰りの車で道が混んでいるかもしれない。譲の祖父の買い物もあるし、余裕を持って出発をしたほうがいいだろう。

「そうですね。準備します」

そう言いながら譲は笑顔で立ち上がりつつ、少し寂しそうでもある。それはそうだろう。三条も、できればそんな言葉は言いたくなかった。

けれど、踏ん切りをつけなければ、帰せない。三条は、ため息を押し殺して、荷造りを始める譲の背中を見つめた。

家を出発したのは午後三時半。空港に着いたのは、五時少し前だった。やはり高速は混んでいて、時間がかかった。早めに出てよかったと思いつつ、もし搭乗時間に間に合わなければ、うちにもう一度連れ帰れたかなと少し残念な気持ちにもなった。

時間に余裕があったので、譲の祖父のお土産を買いがてら、空港内を見て回ることにした。先に搭乗手続きを済ませておこうと、譲がカウンターの列に並ぶ。そこから少し離れた場所で、三条は譲が戻ってくるのを待っていた。そのとき――

「おとうしゃんっ！」

声がするのと同時に、腰のあたりに何かがぶつかる。

振り向くと見下ろした先にある小さな頭、つむじ、腿にしがみつく小さな手。

「翠《みどり》」

女の子のようなその名前は、母親がつけたものだ。もう少し男らしい名前のほうがいいのではないかと初めは反対したのだが、毎日何度も…それこそ、何十回も呼んでいれば、それ以外に合う名前なんていつのまにか考えられなくなっていた。

どうしてここにいるんだ？　そんな当たり前の疑問が頭に浮かぶ余裕はなかった。名を呼ぶのと同時に抱き上げる。何も考えられないまま、きつくきつく抱きしめた。小さな体は記憶にあるより一回り大きくなっていて、その重みに驚く。

「おとうしゃん、どこにいってたの？　みどい、ずっとさびしかった。でもなかないよ、おとこだから」

翠はまだ舌が回らず、自分のことをみどいと呼ぶ。久しぶりに聞くその呼び名に、頬が緩んでしまう。大きくなった。だけど、変わっていない。可愛い。いとおしい。

目を細める三条を、翠の大きな目がなじるように睨《にら》みつける。それでも舌足らずに告げる声音は自慢げで、褒めて褒めてと言外に匂《にお》わせるものだった。

「そうか。泣かなかったのか。偉いな。男だもんな？」

翠の希望どおり、三条は頭を撫でて褒めてやる。告げられた言葉の意味を考えることはしなかった。柔らかい髪の毛。もう一度抱きしめて、息を吸う。乳臭いような汗臭いような、けれど少しも不快じゃない。懐かしい匂いがした。

「うんっ！」

「翠、一人か？　お母さんは――」

そう言いながら首を巡らせてすぐ、顔をこわばらせてこちらを見ている視線とかち合う。

混乱が、一瞬で冷めた。

何カ月ぶりかに見る顔だ。隣に立つ男の顔にも見覚えがあった。スーツ姿にスーツケースを持っているということは、出張か何かだったのだろうか。…なんてタイミングの悪い。最悪の偶然だ。

三条は、翠を床に下ろした。

視界に並ぶ男女と翠。…こうして比べれば、よく似ている。三人並べば、誰も親子であることを疑わないだろう。

冷静に分析する三条の胸の内には、すでにさざ波すら立っていなかった。――ただ、抱き上げた翠を床に下ろすとき、胸が焼けつくような痛みを感じた。離したくない。けれど、どうにもならない。

「ほら、お母さんのところに行きな」

ほんの数メートル先にいる母親のほうへそっと背中を押すと、振り向いた翠は三条の手を摑んだ。

「おとうしゃんもいっしょにいこう」

無邪気に告げる翠の笑顔に、胸がえぐられるような気がした。

うまいごまかしの言葉が思いつかない。三条は、翠の母親である元妻を見据えて、連れて行けと視線で訴える。

逡巡《しゆんじゆん》するように、視界の男女は顔を見合わせる。意を決したようにぎこちない足取りで三条のそばまで来た母親は、翠と手をつないだ。男もその斜め後ろまでやってくる。三条が二人に何か危害をくわえるとでも思っているのか、その表情は険しいものだった。

「翠、行こう。パパに変身ベルト買ってもらうんでしょ?」

「そうだぞ、翠。ずっとほしかったんだろう?」

「うんっ。おとうしゃんもいっしょ。ね?」

母親の言葉に頷いた翠は、三条を見上げ笑顔で告げる。

——こんな偶然は最悪で、さっさとこの場を立ち去るべきだとはわかっていた。一緒には行けないんだと、摑まれた手をほどけばいい。強引に振りほどく必要はない。ただ腕を上に上げればほどけるだろう。けれど、できない。この小さな手を振りほどく力が、どうしても湧いてこなかった。

三条は翠の笑顔を見つめたまま、硬直してしまう。そんな三条の内心を察したのか、それとも早くこの場から逃げ去りたかったのか、母親は翠を抱き上げた。

翠の指が簡単に離れていくのを、三条はじっと見つめる。

「……すいませんでした」

硬い口調で告げられた短い謝罪の言葉が何に対してのものだったのか、三条にはわからない。ただ、離婚話がこじれていた頃、泣きながら三条を責めた彼女とは今はもう違っているのだということだけは伝わった。

母親が踵《きびす》を返して立ち去ろうとしたとき、その腕の中にいた翠が途端に暴れ出す。

「いやっ！　いやっ！　おとうしゃんもいっしょっ！」

「いいの。お父さんはいるでしょ。パパはそこにいるじゃない」

翠の背中をポンポン叩きながら告げるその姿は、聞き分けのない子供を優しくあやしているようにしか見えない。

間違ってはいない。翠の父親は、そこにいる。母親のそばに寄り添い、翠の頭を撫でる、本物の父親が。

けれど翠は、母親の腕の中で顔を真っ赤にして身をよじり、その大きな目からポロポロ涙をこぼした。

「いやっ！　おとうしゃんっ、いっしょにいくのっ！」

「翠っ！」

母親に叱《しか》られても、翠は泣いて暴れながら、それでも三条へと手を伸ばす。母親は泣き叫ぶ翠をあやすことを諦《あきら》めたのか、もう何も言わずそのまま歩き出した。

遠ざかっていく翠を見ていられなくて、三条は俯いた。ぐっと奥歯を噛み締める。拳《こぶし》を強く強く握り締めた。

「いやっ！　おとうしゃん、おとうしゃん、みどい、ピーマンたべるっ。にんじんもなっとうもたべるから、いかないでぇっ！　みどいもつれてって、おとうしゃん！　やだいかないっ！　いぃかぁなぁいぃーっ！」

泣き声が少しずつ遠くなっていく。

翠は一人っ子のせいか、思いどおりにいかないことがあるとすぐ泣いて、叱られるとさらに泣いて、思う存分泣くとすっきりするのか、そのあとは案外機嫌よく遊び始める。今でもそれが変わっていなければ、そのうちけろっと泣き止《や》むだろう。そして買ってもらった変身ベルトだかライトだかで戦いごっこをするはずだ。負けてやらなければまたすぐ泣くから、大袈裟《おおげさ》に倒れ込んでやられたふりをする。それを何度も繰り返し、いいかげん飽きて起き上がらずにいると、本当に死んでしまったと思うのかまた泣き出して…。

尽きない記憶が溢れ出す。…駄目だ。三条は、両手で顔を覆った。――どうしてどうしてどうして俺はあの子の父親じゃないんだろう。

――どれぐらい立ち尽くしていたのだろうか、不意に肘《ひじ》のあたりをそっと摑まれる。顔を上げると、譲が立っていた。悲しい目をして、三条を真っすぐ見つめていた。

一部始終を見ていたのだろうか。譲は離婚した理由を知っている。もし会話が聞こえていたなら、あの子供が誰かもわかるはず。

「チケット、明日の便に振り替えました」

短く告げた後、譲は三条をそっと抱き締めた。

「帰りましょう」

ひそやかな声が、耳の奥にゆっくり染み入る。

三条より十センチほど背の低い譲の腕は、三条の体を包み込めるほどの長さはない。その薄い体は三条を抱きしめているというより、まるでしがみついているかのように見えただろう。

けれど三条は、その温《ぬく》もりに必死で縋りついた。骨がきしむほどの力を込めて、抱きしめる。年上の矜持《きょうじ》など、今はもうどこにもなかった。


指が震えてハンドルが握れなかった三条に代わり、譲が車を運転してくれた。帰り道は不思議と空いていて、一時間もかからずマンションに到着する。

しんとした部屋に明かりをつけると、どこか間の抜けたような静寂が立ち込めた。三条は、ソファーに身を投げ出すようにして座り込んだあと、その背に体を預け、大きく息を吐き出す。

…本当なら、次にこの部屋に帰ってくるときは、譲が帰ってしまった寂しさをまぎらわすためにコンビニで買い込んだビールを飲みながら、この三日間の幸福を思い返していたはずなのに。そしたらたぶん寂しくなって、今度はこちらから譲に会いに行く計画を立てていただろう。

ふと過った想像は、とても幸せなものだった。なのに今は、遠くにも思える。

譲が三条の目の前、テーブルとソファーの間にぺたんと座り込んだ。心配そうな瞳でこちらを見上げている。

「……ごめん、明日、仕事なのに」

予定を狂わせてしまったことが今さらながら申し訳なく思えて、三条は謝罪の言葉を口にする。

「大丈夫です。…本当は僕、月曜までいたかったんです。仕事は夕方からだから、お昼ぐらいの便に乗れば十分間に合うし。だから、謝らないでください。僕がそうしたいって思ったんです」

一生懸命早口で喋《しゃべ》る姿はどこか幼く見えた。そっと譲の髪を撫でる。

「おじいさんに連絡した?」

「はい」

「怒られなかった?」

「…冷やかされました。あと、お土産は絶対忘れるなって」

譲の祖父らしい言い分に、頬が緩んだ。明るい人だ。優しい人だ。そして、何より譲を一番に大切にしている人でもある。

不意に、譲の田舎で過ごした最後の日、譲と祖父が住む家の玄関で交わした会話を思い出す。

『おめえが譲の好きな男か?』

自己紹介をしてから、初めに返ってきた言葉がそれだった。

突然の言葉に返事に詰まった三条を、譲の祖父は腕を組んでぐいっと睨みつける。

『何しに来たんだ? あいつのことを何も思ってねえなら、このまま帰れ。あいつはこの先、越えなきゃなんねえ山がいくつもある。一緒に苦労する覚悟がねえなら、中途半端に関《かか》わるんじゃねえ」

『覚悟はあります。ずっと一緒にいたいと思ってます』

考えるより早く、答えていた。譲が好きだとそのときまではっきり自覚していたわけじゃない。けれど、譲の祖父の言葉を聞いた途端、確信できた。スッキリした。なぜ別れ難いとこれほど強く思うのか、答えが出たのは譲の祖父の言葉がきっかけだった。

三条の答えは譲の祖父が気に入るものであったらしく、にっこり笑って手を差し出してくる。がっちりと交わした握手は痛いほどに力がこもっていた。

その後は空気がリラックスしたものに変わり、譲との出会いや出掛けた先での出来事をねほりはほり聞き出された。譲の祖父は三条の言葉を聞きながら、冷やかすようにニヤニヤ笑っていたのだけれど、譲を呼ぶ前、ふと表情を引き締める。

「ゆずは優しい子だ。優しすぎて、自分の気持ちを後回しにしちまうことがある。だから、あいつの気持ちを気にかけてやってくれ。なんとか傷つけないでやってくれ』

そう言いながら、深々と頭を下げる。

その言葉に込められた譲への愛情に、一瞬で身が引き締まった。

『大切にします』

そう言って頭を下げながら、三条の胸の内に苦い後悔が込み上げた。

前日までの自分は、世界で一番不幸だなんて思い上がってはなかったけれど、目の前にいる子供よりは苦しい人生を送っているのだと信じていた。

だから、湖の駐車場でポロリと母親との確執を打ち明けられたとき、それを十代にありがちな親への嫌悪感のようなものだと思ったし、正直少し苛立《いらだ》ちすら感じた。突然「父親」である自分を取り上げられた理不尽さに対する怒りが根底にはあったのだろう、親の苦労も知らないくせに、子供はいつでも被害者面をするとまで思った。

譲の事情を知ったあと、あの告白が譲にとってどれほど勇気がいるものだったかを理解して、愕然《がくぜん》とした。

冷静に考えれば、どちらが悪いわけでもない。互いの事情を知らなかったのだから仕方がない。…けれどそう割り切るには、あまりに大きな失言だった。譲の祖父への誓いは、自分自身に対する戒めでもある。あのあと譲に謝罪はしたけれど、一番正しい対応はどんなものだったのか、今でも答えは出ていない。

『親は親なんだから』

あのときの自分は、何を考えてそんな言葉を口にしたのだろう。まるで楔《くさび》のように、今でも三条の胸にはその一言が突き刺さっている。

――不意に、ソファーに投げ出していた手を、譲が自分の両手で包み込んだ。ギュッと力を込めて握られる。

「大丈夫ですか？」

譲はさっきよりさらに表情を曇らせている。

…大丈夫？　譲の目に自分はどんなふうに映っているのだろう。疲れきっているようにでも見えるのだろうか。少なくとも、完璧な大人には見えていないだろう。ここに鏡がない以上それを知ることはできないが、譲が心底心配しているのは伝わってきた。

譲はいつでも、三条に対する愛情を駆け引きなしに惜しみなく注いでくれる。じわりと胸が温かくなった。その温もりに、こわばっていた心が少しずつほぐされていく。

「…おとうしゃんって、呼んでただろう？」

三条の言葉に譲は一瞬戸惑ったような顔をしたが、すぐ思い当たったのだろう、小さく頷いた。

「翠君…ですよね？」

「うん。…女の子はいいけど、男が大きくなってもパパだなんて呼んでたらみっともないだろう？　小さいうちから慣れさせておいたほうがいいと思って、お父さんってずっと呼ばせようとしてたんだけど、舌が回らないのかうまく言えなくて…やっぱり今でも言えないんだな」

「覚えてるんですね、翠君。三条さんのこと」

「……うん」

「大好きなんですね、お父さんのこと」

「忘れてたほうがよかったのにな。それならあんなに泣かずに済んだ」

「そんなことないです。忘れたほうがいいなんて…」

「でも俺は、翠を捨てたんだ」

三条の厳しい口調に、譲ははっと目を見開いた。

離婚は、正しい決断だったと信じている。血のつながった両親の元で育つのが、翠にとっても幸せなことだ。けれどそれは、翠の幸せだけを願った決断ではけしてなかった。

翠が自分の子供ではないと知った瞬間、騙《だま》されたと思った。他人の子供を愛してきたことにプライドも傷つけられた。前妻に対する怒りが圧倒的なものではあったが、そこに翠に対する憎しみが少しもなかったといえば嘘になる。

「口でいくら綺麗事を言ったって、結局は違う男の子供だった翠を育てられるとは思えなかっただけのことだ。面倒なことはすべて放り投げて逃げ出して…。そんな男のことなんて、とっとと忘れたほうがいいに決まってるだろうっ！」

だけど、愛していた。今も愛している。翠を腕の中に抱き上げた瞬間、胸に込み上げたのはいとおしさだけだった。

幸せになってほしい。親が誰であるかなんて関係なく、健やかに育ってほしい。

言葉を切ったのと同時に、涙がこぼれた。視界が潤んだことを自覚するより早く、一瞬で溢れてこぼれる。

譲が驚いた顔をしているのが見えたが、それより自分で自分に驚いた。慌てて目元を手のひらで拭い、隠した。けれど、止まらない。タガが外れてしまったように、次から次に流れ出る。

「…でも翠君は、三条さんに愛されたこと、覚えてるじゃないですか。三条さんだってちゃんと…愛してるじゃないですか、こんなに今、辛くなるぐらい」

譲の声は、今にも泣き出しそうにか細いものだった。譲は三条の頭を抱えて、そっと自分の肩に引き寄せる。

「僕、ちゃんと見てました。翠君に気づいて抱き上げて抱きしめたときの三条さんの嬉しそうな顔も、翠君が泣きながらおとうしゃんって何回も呼んでるときの苦しそうな顔も。だからそんなふうに……捨てたなんて言葉、使わないでください。翠君を愛してることまで、なかったことにしないでください」

言葉を慎重に選びながら、譲の声は懇願するような響きを帯びる。顔を上げると、目を真っ赤にした譲は真っすぐ三条を見つめていた。

「翠君に対する愛情を、間違ったことのように思わないでほしいんです。…奥さんのことを特別好きじゃなくて結婚したっていうのは駄目なことだけど、でも三条さんは、十分苦しんだじゃないですか。……僕がこんなこと偉そうに言える立場じゃないんですけど…でももう自分を許してあげてください」

…自分を許す。許すも許さないも、そんなことは今まで考えたこともなかった。ただ、ほんの一瞬でも翠を疎ましく思ってしまった後ろめたさを忘れられなかっただけだ。そんな自分が翠を愛しているだなんて思うのは、あまりにおこがましいことのように思える。

…それが、許していないということなのか。なら、そんな自分を許していいのだろうか。

三条は譲に何も言葉を返せなかった。ただもう一度譲を抱きしめると、譲は同じように…いやそれよりさらに力を込めて抱き返してくれた。

みっともないと我ながら思う。今まで言葉にできなかった過去への後悔、直視できなかった自分自身の弱さを、こんなふうに恋人の前でさらけ出すなんて、心底情けない男だと。

けれど譲は、そんな三条を少しも責めることなく、できうる限りの力で守ろうとしてくれている。それが何より嬉しいことで、抱きしめられる温もりは傷んだ心を慰める最良の薬になった。

――ああ、そうか。あのとき、一番正しい対応はこれだったんだ。

どんなにみっともない情けない姿でも、ありのままを受け入れられる。口にするのは憚《はばか》られることでもたとえ間違ったことであったとしても、ただ受け止め、慰めてほしかった。

それを甘えと呼ぶ人もいるだろう。けれどそれでも、どうにもならない痛みを吐き出したくなる瞬間は、きっと誰にでもあるのだ。

「……ありがとう」

自分を許せるかどうか、考える余裕は今の三条にはない。ただ、譲がそばにいてくれれば、どんなことでも乗り越えられるような気がした。


次の日の朝、会社には午後から出勤すると連絡して、昼の便で出発する譲を空港まで送ることにした。

譲は一人で大丈夫だと言い張っていたけれど、三条自身がどうしてもそうしたいのだと言ったら、不承不承受け入れてくれた。

平日の空港は、昨日に比べれば行き交う人の数は少ない。家族連れが少ないせいか静かで、どこか雑然としている。

今度は譲の祖父のお土産をきちんと買い、無事搭乗手続きを終えられた。

――昨夜はあれから、深い話はほとんどしなかった。テレビを見て、風呂に入って、眠る。

特別なことは一つもない、日常そのものといった時間は、かえって気分を落ち着かせ、心が深く寄り添っていくように思えるものだった。

また離れ離れの日々が始まるのかと思ったら、寂しさが込み上げてくる。

もう少し時間は残っている。搭乗口のそばに設置されたベンチに二人で腰を下ろした。

「…やっぱり寂しいな」

ため息混じりの三条の言葉に、譲も頷く。

「はい。…着いたら、連絡しますね」

「うん。——昨日はありがとう。おかげで気が楽になったよ」

最後にせめてお礼だけは言っておきたかった。三条の言葉を、譲は笑いながら打ち消す。

「僕は何も…。でも、そう言ってもらえるのは嬉しいです。僕も三条さんの言葉で救われたから」

「俺の？　…なんだろう。なんのこと？」

譲の言葉に驚く。失言を言い放った記憶はあっても、譲を救うような大事な言葉を言った覚えはどこにもない。

「向こうで会った最後の日、ずいがんさまに行ったときに」

三条は頷く。ずいがんさま。翠岩《ずいがん》神社では、いろいろな話をした。その中の何が…。

「そのとき、親のすることを全部許す必要なんてない。案外親は親の都合で子供を振り回してるものだって三条さんが言って…。そのときはどういう意味なのかあんまり深く考えられなかったんですけど、よく考えてみたら…気が楽になったんです。それまでは、どんなに苦しくても親は親なんだから、何を言われても我慢しなきゃいけないって思ってたんですけど…でも、我慢してもしなくても、親は親なんですよね。だから、うまくいかない時期があってもいいんじゃないかって、なんか自然にそう思えるようになったんです」

譲の言葉に、自分の発言を思い出す。確かにそんなようなことは言った。けれどそれは、自分の失言をなんとかごまかすというか和らげるためのもので、そんな言葉が譲に影響を与えていたのかと思ったら、驚くのと同時に…嬉しかった。

「母との関係は今もそれほど変わってないんですけど、でも今はそれほど気にならなくなりました。だからもし…僕がしたことで三条さんの気分が少しでも楽になったら、それはすごく嬉しいことで…。うん、ちょっと恩返しができたような気分になれます」

冗談めかして告げる譲の表情は明るい。

…なんでこんなに可愛いんだか。いとおしさに胸が締めつけられる。

「どうしようか。抱きしめたくなってきた」

思わず小声で呟くと、譲は目を大きく見開いて、首を強く左右に振った。

「駄目です、こんなところで」

「だって昨日はしてくれたのに」

「あれはっ、あのときは緊急事態で緊急避難で、だからしたんです。今日は駄目です。こんな公共の場で二日連続でそんなこと…」

「昨日と今日と、人は入れ替わってると思うけど」

「でも駄目ですっ。…恥ずかしいです」

かなり低い音量で交わされる会話は、周囲に聞こえる心配はない。必死に拒絶する譲を見ていたらますます愛しくなってくる。

思わず笑い出してしまった三条に、譲はからかわれていると思ったのか少し怒ったような顔をする。

「…もう行きます。時間だから」

「ごめんごめん。怒らないで」

三条は慌てて、立ち上がりかけた譲の手を取った。

「怒ってないです。…嘘です。本当はちょっとむっとしました。でも、本当に時間だから」

譲の素直な言葉に柱の時計を確認すると、確かに搭乗時間が迫っていた。

「…そうか」

とうとう離れ離れか。三条は落胆を隠しながら立ち上がり、譲もそのすぐあとに続いた。

「今度は俺が遊びに行くよ」

「楽しみにしてます。…僕もまた遊びに来てもいいですか?」

「もちろん。今度はどこかに出掛けようか。行きたいところ、考えておいて」

「はい」

別れの寂しさをまぎらわすため、互いに明るい口調で会話を続ける。でもそれも長く続けていられなくて、結局視線を合わせたまま、黙り込んでしまった。

ふと、譲が視線を落とす。どうしたのかと思うのと同時に、また顔を上げ、真剣な瞳で三条を見つめる。

「翠君がもっと大きくなって、もしかして事情を知ることがあったら、いろいろ考えることはあるだろうけど、でも一番には三条さんに会いたがると思います。もし会えたら、そのときの翠君はきっと、三条さんにありがとうって言ってくれると思うんです。だから、もう自分を責めないでください。だって三条さんは、翠君のお父さんなんですから。…僕がこんなこと言ったってなんの意味もないんですけどでも、本当にそう思ってますから」

急かされているように早口で告げながら、譲は必死な表情で三条を見つめる。

何を言い出すのかと思ったら…。慰めようとしてくれているのか、なんとも楽観的な想像だと笑って切り捨てるのは容易いことだ。けれど、そうなればいいと思ってしまった。譲が言うように、大きくなった翠に会える日が来るとしたら…。

何もかもがうまくいって、笑い合える日が来ればいい。

そのとき隣にいるのが、譲だったらなお嬉しい。——ああ、譲だったらではなく、三条の隣には譲がいるのだ。そしてきっと、嬉しそうに笑っている。

「ありがとう。——そうだな。そういう日が来るといいな」

今の言葉は譲にとって勇気がいるものだったのだろう、三条の返事にほっとしたような笑顔を見せた。

譲が歩き出すのに合わせ、三条も隣を歩く。搭乗口のギリギリまで見送ろうと思った。けれどどんなにゆっくり歩いても、たいして長い距離ではないのですぐに到着してしまう。

「じゃあ僕、行きますね」

最後に向かい合い、譲は笑顔で告げた。

「うん。じゃあまた」

「はい」

お互い、さよならとは言わなかった。

一人歩き出した譲は、その先一度も振り向かなかった。その潔さは譲らしいものだったが、たぶん泣き出しそうな顔を隠すためのものでもあるのだろうと想像できて、ますます寂しさが募る。

——僕も三条さんの言葉で救われたから。

ついさっき聞いた譲の声が耳の奥で蘇る。

譲には助けられているとばかり思っていたけれど、手助けすることもできていたのか。

それは、心が通じ合うのと同じぐらい嬉しいことだと心底思う。三条が完璧であることなど、譲は少しも望んでいなかったようだ。強さも弱さも同じように許容されている。

三条は譲の姿が見えなくなるまで見送ったあと、くるりと背を返した。

さあ、仕事だ。

別れの寂しさに浸りたがる頭の中身を強引に切り替える。

休暇は終わった。また仕事に駆けずり回る日々が始まる。

大きく一歩を踏み出した。次に譲に会える日が来るまで、怠けるわけにはいかない。

颯爽《さっそう》とした足取りは、この先の未来へつながっている。

あとがき

初めましてなかたもそうでないかたも、このたびは、お手に取っていただいて、ありがとうございます。

これが私にとって、七冊目の本になります。ラッキーセブンです。めでたい感じがしますし、実際とても嬉しいです。

今回の話ですが、デビュー作の「青空《そら》の下で抱きしめたい」に出てきたキャラクターである三条の恋の話になっています。時間軸的には「青空～」から五年後の話になるのですが、三条の人生は大変だったんだなと、書きながら思ってしまいました。

内容的には「青空～」を知らなくても支障はないようにしたつもりですが、三条の不憫さをもっと知りたいと思われたら、読んでみていただければいろいろ補足できるかと思います。

イラストは前作に続いて、みずかねりょう様に描いていただくことができました。前作は、こんな地味な話にこんな美しいイラストをつけていただいていいのかと思ったことを今でも覚えております。今回また一緒に仕事をすることができて、本当に嬉しく思っております。ありがとうございました。

担当様。お忙しい中、いつも変わらず優しくしていただいてありがとうございます。今回はズルズルと原稿が遅れてしまって、ご迷惑をおかけしました。これからもよろしくお願いいたします。

最後に読者の皆様。いただく感想はありがたく読ませてもらっております。今作を楽しんで読んでいただけたら、とても嬉しいです。

それでは、ありがとうございました。

神江真凪先生、みずかねりょう先生へのお便り、
本作品に関するご意見、ご感想などは
〒101-8405
東京都千代田区三崎町2-18-11
二見書房　シャレード文庫
「恋の在り処」係まで。

本作品は書き下ろしです

CHARADE BUNKO

恋《こい》の在《あ》り処《か》

【著者】神江真凪《かみえまなぎ》

【発行所】株式会社二見書房
東京都千代田区三崎町2-18-11
電話　03(3515)2311[営業]
　　　03(3515)2314[編集]
振替　00170-4-2639
【印刷】株式会社堀内印刷所
【製本】ナショナル製本協同組合

落丁・乱丁本はお取り替えいたします。
定価は、カバーに表示してあります。

ISBN978-4-576-12080-5

http://charade.futami.co.jp/